LOVE IN A DARK TIME
GAY LIVES FROM WILDE TO ALMODÓVAR

黑暗时代的爱

从 王尔德
到 阿莫多瓦

〔爱尔兰〕科尔姆·托宾 著
柏栎 译

著作权合同登记号　图字 01-2019-4601

Love in a Dark Time: Gay Lives from Wilde to Almodóvar
Colm Tóibín
Copyright © 2001 by Colm Tóibín
This edition arranged with Rogers, Coleridge & White Ltd (RCW)
through Big Apple Agency, Inc., Labuan, Malaysia.
Simplified Chinese edition copyright ©
2019 Shanghai 99 Readers' Culture Co., Ltd.
All rights reserved.

图书在版编目(CIP)数据

黑暗时代的爱：从王尔德到阿莫多瓦/(爱尔兰)
科尔姆·托宾著;柏栎译.—北京:人民文学出版社,2020
ISBN 978-7-02-015673-3

Ⅰ.①黑… Ⅱ.①科… ②柏… Ⅲ.①散文集-爱尔兰-现代 Ⅳ.①I562.65

中国版本图书馆 CIP 数据核字(2019)第 195781 号

| 责任编辑 | 卜艳冰　何炜宏　邰莉莉 |
| 装帧设计 | 钱　珺 |

出版发行	人民文学出版社
社　　址	北京市朝内大街 166 号
邮　　编	100705
网　　址	http://www.rw-cn.com
印　　刷	上海利丰雅高印刷有限公司
经　　销	全国新华书店等
字　　数	150 千字
开　　本	889×1194 毫米　1/32
印　　张	7.75
版　　次	2020 年 1 月北京第 1 版
印　　次	2020 年 1 月第 1 次印刷
书　　号	ISBN 978-7-02-015673-3
定　　价	59.00 元

如有印装质量问题,请与本社图书销售中心调换。电话:010-65233595

目录

序

徜徉于绿林　　　　　　　　　　　　　　001
奥斯卡·王尔德：黑暗时代的爱　　　　　029
罗杰·凯斯门特：性、谎言与《黑色日记》　076
托马斯·曼：被传记者追逐的退场　　　　098
弗朗西斯·培根：看的艺术　　　　　　　117
伊丽莎白·毕肖普：寻常中的完美　　　　145
詹姆斯·鲍德温：肉体与魔鬼　　　　　　165
汤姆·冈恩：当下的力量　　　　　　　　190
佩德罗·阿莫多瓦：欲望的法则　　　　　203
马克·多蒂：寻求救赎　　　　　　　　　213
再见，天主教爱尔兰　　　　　　　　　　222

致谢　　　　　　　　　　　　　　　　　235

序

1993年秋，在爱丁堡艺术节上，我约见了安德鲁·欧海根，他当时是《伦敦书评》的编辑。我记得傍晚时他敲响我酒店房间的门。开门后，他快步从我身边走过，走到房间那头的窗口。他在那里伫立片刻，仔细地查看窗外风景（其实那里并没有什么可看的），然后转身看着我。之前我与他从未谋面。

当晚我们去一家苏格兰古堡用晚餐，我们很喜欢那里的苏格兰酸奶油，有些特别丰盈浓厚。之后我们去了市中心一家酒吧，一直待到凌晨。安德鲁·欧海根喝威士忌，我喝啤酒，渐渐地我看出他有求于我。他说，《伦敦书评》正在约系列稿件，也打算结集出版，他们希望我能写其中一种。他说，是严肃的长文，也有个性与争鸣。我听着以为他们想要我写爱尔兰，因为我一直在写有关爱尔兰的书，也为《伦敦书评》撰写爱尔兰历史方面的文章。不，和爱尔兰无关，安德鲁·欧海根话音迟疑，面露尴尬。其实，他们是想问我能否写一本关于我自身同性恋的小书。

我立刻告诉他我办不到。我说，我觉得自己写不了这个。有其他很多作家能轻松地写这个题材。当时我已完成长篇小说《夜晚的故事》的第一章，那是我首次直面同性恋题材，但小说背景设在另一个国家,也没有自传性,或没有明显的自传性。我的性取向就与小说中的理查德一样,多少涉及我那部分不安、胆怯、忧郁的内心世界。我告诉他我写不了。在此话题上我没有个性与争鸣,更不必说严肃的长文。他没说话。我们接着喝酒,聊了些别的。

我并没有觉察到,但《伦敦书评》显然决定用另一种方式来引诱我在印刷品中面对自身的性取向。他们开始给我寄关于同性恋作家或由同性恋作家写的书,其中有些非常有意思,我没法不读。于是从1994年至2000年,我发现自己一直在写这个话题,并不是为报纸写同性恋这一概念或理论,而是写同性恋者的作品和生活。我最感兴趣的倒不是埃德蒙·怀特、阿兰·霍灵赫斯特、戴维·莱维特、迈克尔·坎宁安、珍妮特·温特森、艾玛·多诺霍这样的同性恋作家,尽管他们的作品为读者释疑解惑,为同性恋者铺平道路——对这样的勇敢、诚挚我深表敬意。但更早期的一些留下模糊遗产的作家,他们或因同性恋而深受痛苦(奥斯卡·王尔德、罗杰·凯斯门特),或对此敏感不安(托马斯·曼、伊丽莎白·毕肖普),或让性取向滋养而非主导其作品(詹姆斯·鲍德温),或在逆境中迎难而上(弗朗西斯·培根、佩德罗·阿莫多瓦),或在艾滋病灾难中写下挽歌和回忆录(汤姆·冈恩、马克·多蒂)。

此书主要关于同性恋者。无论是出于选择还是必须,他们的同性恋身份似乎在其公众生活中并不重要。但在其私生活中,在其精神世界中,欲望的法则改变了他们的一切,使得一切都不同了。同性恋意识的挣扎一开始带有强烈的私密性,但如果同性恋者是作家、画家、电影人、改革者,这种挣扎就渐渐地以奇特而迷人的方式潜入语言、意象、政治。写这些文章有助于我接受一些事情——我对神秘的情欲力量的兴趣(凯斯门特、曼)、我对天主教的兴趣(王尔德与凯斯门特最终皈依,阿莫多瓦的作品中充满天主教意象)、我对爱尔兰新教徒的兴趣(王尔德、凯斯门特、弗朗西斯·培根)、我对与我不同的无畏者的敬仰(王尔德、培根、阿莫多瓦)、我对悲哀(毕肖普、鲍德温、多蒂)和悲剧(冈恩、多蒂)的永恒爱好。

在20世纪70年代,托马斯·曼的《浮士德博士》、詹姆斯·鲍德温的《向苍天呼吁》、汤姆·冈恩的《我悲伤的船长》和伊丽莎白·毕肖普的《诗选》都是我最爱读的书。但后来我才知道这些作家都是同性恋者。那么,此书反映了我对这一发现的兴奋之情,以及我带着新认知探索他们作品、生活的兴趣。此书也是一段前进中的曲折历史。书中第一个人物生于19世纪50年代,于是此书体现了彼时与此时之间宽容度的变迁:马克·多蒂和佩德罗·阿莫多瓦是我的同时代人,比奥斯卡·王尔德晚生百年,现今他们生活在一个不那么黑暗的时代。

徜徉于绿林

博尔赫斯在《阿根廷的作家与传统》一文中写道，阿根廷作家与南美作家，由于与西方文化的距离既疏离又紧密，他们比任何西方国家的人都对西方文化更有"发言权"。他接着探讨了犹太艺术家对西方文化，以及爱尔兰作家对英国文学的非凡贡献。他说，对他们而言，"作为爱尔兰人已经足够，但在英国文化中作为创新者是全然不同的"。同样，犹太艺术家"耕耘在文化中，但同时并没有因为任何特殊投入而感觉与它捆绑在一起"。他这篇文章写于1932年，当时任何明确有关同性恋作家在文学传统中地位的观点都远未出现，这样的观点也未曾出现：爱尔兰人、犹太人或同性恋者（或之后提到的南美人）的作品本身就是中心，而非衬托中心的边缘。

博尔赫斯在很多方面都是一个保守者、一个谨慎的批评家。他必定对这个想法感兴趣：许多甚至是大多数现代文学的革新者都是同性恋，或是爱尔兰人、犹太人：梅尔维尔、惠特曼、霍普金斯、詹姆斯、叶芝、卡夫卡、伍尔夫、乔伊斯、斯特恩、贝克特、曼、普鲁斯特、纪德、弗班克[①]、洛尔

[①] 罗纳德·弗班克（Ronald Firbank，1886—1926）：英国小说家，同性恋者，受唯美主义者尤其王尔德的影响很大。作品有《关于红衣主教皮瑞里的怪癖》。本书所有注释均为译者注。

迦①、谷克多②、奥登、福斯特、卡瓦菲斯③。但我觉得当他想到这串名单中的同性恋成分,想到他那篇关于传统的文章中的"爱尔兰人"、"犹太人"、"阿根廷人"能被替换成"同性恋者"时,会稍感不安。你能在莎士比亚、马洛、培根这些人的作品中找到足够的迹象或直接证据来宣布他们属于同性恋传统,这条连缀而成的暗线贯穿了整部西方文学。我想,博尔赫斯也会被这个想法所困扰。然而与大部分作家一样,博尔赫斯关心的也是年代早于他的作品——《堂吉诃德》、高乔人的《马丁·菲耶罗》④、福楼拜、吉卜林——这些代表了他自身与过去相系的那条暗线。他无法脱离它们。

某些作家不确定的爱尔兰属性容易引起争议。斯特恩是爱尔兰人?奥利弗·戈德史密斯是爱尔兰人?罗伯特·特莱塞尔⑤是爱尔兰人?艾丽斯·默多克⑥是爱尔兰人?可谁是同性恋,谁又不是同性恋,我们是怎么知道的,这些问题更是难解。在没有直接证据的前提下,如何确定一个人是同性恋呢?就拿果戈理来说吧,当你排查他那些风格冷峻的短篇小说,会发现一个

---

① 费德里戈·加西亚·洛尔迦(Federico García Lorca,1898—1936):西班牙诗人、剧作家,同性恋者。作品有《吉卜赛谣曲》。
② 让·谷克多(Jean Cocteau,1889—1963):法国诗人、小说家、剧作家、导演,同性恋者。作品有《可怕的孩子们》。
③ 卡瓦菲斯(Constantine P.Cavafy,1863—1933):希腊诗人,同性恋者。作品有《等待野蛮人》。
④ 《马丁·菲耶罗》(*Martín Fierro*):阿根廷诗人何塞·埃尔南德斯(José Hernández,1834—1886)的长篇史诗,是高乔人诗歌的代表作品。
⑤ 罗伯特·特莱塞尔(Robert Tressell,1870—1911):爱尔兰作家罗伯特·克罗克的笔名,代表作《穿破裤子的慈善家》。
⑥ 艾丽斯·默多克(Iris Murdoch,1919—1999):爱尔兰作家,代表作《大海,大海》。

充满迹象、画面、恐惧、偏见的暗藏世界,这能被诠释为他性取向的证据。

何必探讨?有何重要?此事重要是因为,当同性恋读者和作家渐趋公开而自信,同性恋政治渐趋稳定而严肃,同性恋历史也成为同性恋身份的重要内容,正如爱尔兰历史之于爱尔兰,犹太历史之于犹太人。这不单单是寻觅历史上同性恋的晦涩踪迹(尽管确实存在),而是寻找某些作家——他们确凿无疑是同性恋,其性取向被大多数批评家、教师所忽视,但对其作品有巨大影响。惠特曼就是典型。异性恋批评家倾向于将同性恋作家写成异性恋,或认为性取向对他们的成就无关紧要。1944年,莱昂内尔·特里林① 出版了一本论 E.M. 福斯特小说的书。1972年,他致信辛西娅·奥齐克②:

> 我写完关于福斯特的书,才明确认识到他是同性恋。我不知道这是因为我自己某方面的迟钝,还是因为……同性恋尚未在文化中形成一个课题。我明白这点后,起初似乎没有什么大关系,但这种想法很快改变。

同性恋的历史创作时而清晰时而隐蔽,而同性恋的当代创作大多只有清晰的一面。同性恋者在西方世界即将不再遭受困难和歧视。在某些地方,特别是城市,情况已然如此,"后同

---

① 莱昂内尔·特里林(Lionel Trilling, 1905—1975):美国文学批评家、作家。
② 辛西娅·奥齐克(Cynthia Ozick, 1928—):美国犹太裔小说家,代表作《异教徒拉比》。

性恋"这个词渐趋流行。因此,我们如何阅读历史、理解历史、评判历史很可能成为更开放的议题。很难避免做出过时的判断,提出过时的问题。为何托马斯·曼没有出柜?为何福斯特没有在1914年写完《莫里斯》时就将之发表?为何美国批评家F.O. 马西森①没有写一部美国同性恋创作史?为何莱昂内尔·特里林没有意识到福斯特是同性恋?为何同性恋生活在那么多作品中以悲剧呈现?为何同性恋作家不能像简·奥斯汀给异性恋那样,也给同性恋角色一个圆满结局?为何同性恋生活时常被写得阴郁煽情?

历史上的种种行为和态度,即便是在过去不久的时代,如今看来已几乎无法想象,世事变迁太快。在20世纪70年代,散文家约瑟夫·爱泼斯坦还在《哈泼斯》杂志中写道:

> 在我的经验中,没有人在内心接受同性恋,即便是那些思想最为解放、成熟和开明的人。同性恋或许是美国唯一一个毫无官方矫饰的话题……同性恋承受着原因不明的诅咒、无法解脱的磨难,这是对我们理性的羞辱,是我们不可能为这世界作出合理规划的活生生证据。

他继续道,假如他四个儿子中有一个成了同性恋,他"知道他们将永远沦为人类中的黑人,无论他们对自身处境作何判断,他们的生活都将成为一种尘世痛苦"。

---

① F.O. 马西森(F.O.Matthiessen,1902—1950):美国文学批评家、教育家。著有《美国的文艺复兴:爱默生和惠特曼时代的艺术与表达》。

格雷戈里·伍兹①在《粉色三角形》这一章中写道：

> 在联军"解放"集中营后，那些佩戴粉色三角臂章——表明他们是因同性恋而被拘禁——的获救者被当做罪有应得的普通犯罪分子。许多人被转移到监狱去服役……粉色三角形被剔除出大屠杀纪念碑……1935年，纳粹在《德国刑法典》第175条中进一步严格了反同性恋法。与其他纳粹法不同的是，这条在战后并没有被废除。

其他受压迫的团体——如犹太人，或北爱尔兰的天主教徒——自小就有足够机会来理解他们所受的压迫。他们听人讲故事，手边有各种书。而同性恋者是在孤独中长大。没有历史。没有诉说历史上不公的民谣，牺牲者已被遗忘。正如艾德丽安·里奇②所言："你看着镜子，却什么都看不到。"因此，发掘一段历史、一份遗产是每个人的分内事，是通往自由之路或至少是知识之路上的一程，对于不太关心同性恋身份的读者和批评家而言，也具有严肃的意义，并且也有重大的危险。

让我们从惠特曼说起吧。他是最早的一个。他的诗《傍晚时我听说》全诗只有一个句子。尽管叙述者听到他的"名字在议会上得到褒扬"，此诗告诉我们，这对他来说仍不是一个快乐

---

① 格雷戈里·伍兹（Gregory Woods，1953— ）：英国诗人、教授，专长同性恋研究。《粉色三角形》出自其著作《同性恋文学史：男性的传统》。
② 艾德丽安·里奇（Adrienne Rich，1929—2012）：美国诗人、散文家、女权主义者。

的夜晚，但"当我想到我亲爱的朋友、我的恋人即将到来，啊，此时我是快乐的"，诗的结尾是：

> 我最爱的人睡在我身旁，
> 在沁凉的夜里，盖着同一条被子，
> 秋天寂静的月色下，
> 他的脸依偎着我的脸，
> 他的胳膊轻搂着我的胸膛——
> 那天晚上我是快乐的。

这只是惠特曼明确表达同性恋情的诗歌之一。不难想象F.O. 马西森和他的恋人鲁塞尔·切尼在20年代读到这首诗的感想。鉴于他们没有榜样可效仿，也没有归属于任何传统的觉悟，这类作品对他们何其重要。马西森写道：

> 我们的人生无疑是前所未有的——我们不知道是否还有类似的人生。我们站在一个未经勘探、无人居住的国度中央。自然还有与我们相类的同盟，但我们不能照搬他们的经验。我们必须为自己创造一切。而创造向来不易。

马西森钻研"未经勘探、无人居住的国度"的那些年里，他在哈佛大学执教，写出《美国的文艺复兴：爱默生和惠特曼时代的艺术与表达》，此书于1941年出版，成为这方面最有影响力的作品。（但他对艾米莉·狄金森的遗漏在近些年损害了此书的经典地位）他论惠特曼的文章长达百余页，巨细靡遗地讨论惠特曼的语言、方言与抽象之间的张力、实际与超验之间的张力。他论述惠特曼受到的各种影响，如歌剧、绘画，以及惠特曼对他人的影响，如亨利·詹姆斯——他曾告诉伊迪丝·华顿，他在"压抑的狂喜中"读惠特曼。又如霍普金斯，他曾写道："在我心里，我一直知道惠特曼的心灵比任何活着的人都更接近我的心灵。""霍普金斯指的一定是，"马西森写道，"惠特曼的同性恋性取向以及他对内心深处压力的逃避。"他在脚注中全文引用了惠特曼写给朋友的信，没有加以评论，此信明确表达了同性恋情。

五十页后，马西森再次提到惠特曼的同性恋性取向。他谈到了《自我之歌》开头的一节：

> 我记得我们曾躺在一个如此清亮的
> 夏日早晨，
> 你是怎样将你的脑袋横在我的臀部，
> 轻轻地从我身上翻过身，
> 怎样解开我胸口的衬衣，
> 朝我赤裸在外的心房
> 探出舌尖，
> 你伸开手臂，直到你触到我的胡髭，直到
> 你捧起我的双足。

马西森对这节的语气略有不满。"在诗人身体的被动性中，"

他写道,"有种轻度病态和同性恋的感觉。"这句话在落笔后的五十多年后,仍在纸上燃烧。病态与同性恋。马西森信件的编辑乔纳森·阿拉齐写道:"为了创造美国文艺复兴的核心权威批评身份,得替换、疏散、否认很多东西。"马西森也明白这点。1930年1月,他在给男友的信中写道:

> 哥们,我的性取向让我感到困扰,有时它让我觉得自己在这世上站错了位。而意识到这种错误似乎会削弱我的自信心。我有权利生活在一个知道这些事实后会彻底否定我的社会里吗?我靠的就是直言不讳,我厌恨隐瞒。

"对他大多数学生和年轻同事而言,"《美国传记辞典》说:

> 马西森的同性恋性取向如果有所显示的话,唯一的证据就是较之当时的哈佛文艺圈,在他的圈子中异性恋占绝对优势,以及他对那些把学术与性关系混为一谈的同性恋同事非常不友好。

1950年,在马西森的恋人过世五年后,就在马西森即将出席非美活动调查委员会之时——他也是左翼活动家——他从波士顿一家酒店的十二楼纵身跃下。时年四十八岁。

我们研究同性恋遗产时,常常提到惠特曼,说他的同性恋取向如何深刻地影响了他的诗歌语言,然而我们对马西森能做什么?他过着双重生活,他不是唯一一个这样的人。他对自身以及他人的同性恋性取向深感不安，这方面他也不是唯一一个。这并不是说这些选择是强加于他的，他当然还有一个选择。但那很难，需要大无畏的勇气，而在马西森的智识中这种勇气深受怀疑。我们如今手头有他的信件、期刊和评论作品，一种语气是赤裸裸的同性恋（而且坦率、随性），另一种语气则是有才情，有学术性，除了对同性恋的恐惧外什么都没透露。这种恐惧也属于我们所有人；这几乎是每个同性恋者在某种程度、某个年龄、某个地方都感受过的。同性恋的历史并不单纯（相对而言，爱尔兰历史往往可被视为单纯），它具有欺骗性，难以捉摸，需要极大的同情和理解。

于是同性恋历史与惠特曼的诗、莎士比亚的十四行诗一样蕴含着沉默与恐惧，或许这也是卡夫卡为何能一直如此吸引同性恋读者的原因，也是为何能轻易在卡夫卡的长短篇小说中找到同性恋潜文本的原因。虽然有的批评家对此有更深解读。"只有当我们读完卡夫卡全集后，"鲁斯·蒂芬布伦纳写道：

> 才会明白他所有主人公的困境都基于一个事实，那就是他们都是同性恋……因为卡夫卡毕生都在刻意隐瞒他的性取向，他在私信、日记、笔记或是创作性作品中有些许流露，这也毫不奇怪……卡夫卡向离经叛道的同道们分享了他们最大的特色：他们同时需要隐藏和展现自我。

格雷戈里·伍兹在《同性恋文学史》中认为鲁斯·蒂芬布伦纳对卡夫卡的才赋评价不足，但在说明卡夫卡性取向与其作

品的关系上则是可信的。"我们需要自问的是,"他写道:

> 为了欣赏疑为同性恋文学的文本,我们是否需要接受一个大体是猜测出来的作者生平……简单说,为何文本不能证明基于其自身之上的读后感?

于是这一争论从卡夫卡的意思是什么,转向了卡夫卡的原意是什么,我们读卡夫卡时的理解又是什么。

我想,我们做出了很多理解。短篇和长篇小说戏剧化了孤立的男主人公的生活,这些人被迫不能将任何事视为理所应当,他们活在身份被发现、被揭露的危险中(《变形记》),遭受不公正的私议("准是有人诬陷了约瑟夫·K")[1],他们与其他男性的关系充满了半遮半掩或是毫不遮掩、明白无误的渴求(《争吵》或《城堡》中的某些场景)。"我们这个世纪没有第二个作家",欧文·豪[2]写道:

> 如此强烈地唤起现代经验中的避世感、困惑感、失落感、罪恶感、被剥夺感……笼罩着卡夫卡生活和工作的危机感既是私密主观,独属于他自己的,又不囿于个人,为我们所有人所知。

这种危机感当然因为卡夫卡是一个生活在布拉格的讲德语

---

[1] 引文是卡夫卡小说《审判》的第一句。
[2] 欧文·豪(Irving Howe,1920—1993):美国犹太裔文学及社会批评家、思想家。

的犹太人，一个中产阶级世界中的天才人物，但对同性恋读者——如果不是对欧文·豪——而言，至少还因为他是同性恋。这并不是说同性恋读者希望卡夫卡仅仅被解读为同性恋作家——虽然有些人确实如此希望——而是他的作品受到自身性取向的重大影响，作品中许多方面可被解读为一则关于同性恋者在充满敌意的城市中的寓言，同时也是关于一个没有信仰的犹太人，一个20世纪的人。

格雷戈里·伍兹对《一九八四》有一篇精彩的解析，其中对卡夫卡的作品解读提出了一些疑惑。他认为温斯顿和茱莉娅之间不正当的私情，以及驱逐性和性欲的思想警察的做法，是对1948年（小说写作之年）伦敦同性恋者生活的一种表述。伍兹引用了如下片段：

> 他希望他和她一起走在街上，和他们现在一样，不过是坦坦荡荡，毫无畏惧地，边走边聊些琐事，买些生活用品。他最希望能有个地方单独待在一起，不用每次碰面都觉得非得做爱不可。

并评论道："同性恋读者将这段理解为柜中的私语，这让我们找到了要点。"

伍兹的要点是：

> 每次我读《一九八四》就不禁想象字里行间存在着另一部小说的幽影，一部叫做《一九四八》的同性恋小说，

书里两个名叫温斯顿和茉莉娅的伦敦年轻人相爱了,他们在勒索信、曝光和被捕的持续威胁下勉力维持着这段感情。

他当然知道,无论奥威尔还是他的异性恋读者,都想不到能从这个角度去解读这部小说。

异性恋读者将此书解读为未来的噩梦,这在同性恋读者看来是某种程度的偏执和无知,因为那太接近当时英国的同性恋生活真相——但这并不表明奥威尔明白当时的情况。

于是同性恋读者,尤其是在石墙事件[①]前受过教育的读者,在主观世界中逡巡于关于禁地、秘密与恐惧的文本之间。卡夫卡的作品中有证据表明他也许一方面极力掩盖自己的性取向,另一方面拿性取向来做文章。奥威尔的作品中就没有这样的证据,事实上,他的自传清晰有力地证明他是异性恋者,而卡夫卡没有。然而正如伍兹强调,造成差异性的是读者。

伊芙·科索夫斯基·塞奇威克[②]在《柜中认识论》中写道:

直到19世纪末,跨阶级的同性恋人物与持续性的、思想上完全形成主题的男同性恋话语才完全浮出水面,推动

---

① 石墙事件:1969年纽约石墙旅馆外发生的同性恋者与警方的冲突,这被认为是同性恋维权史上的标志性事件。
② 伊芙·科索夫斯基·塞奇威克(Eve Kosofsky Sedgwick, 1950—2009):美国学者,专长性别理论、同性恋研究。《柜中认识论》是同性恋研究的重要著作。

其发展的是王尔德审判事件的公众戏剧化,但并不局限于此。

科索夫斯基·塞奇威克谨慎地没有将此事进一步推演,但其他作家——伍兹把他们叫做"后福柯主义者"——认为在王尔德审判事件之前,没有真正意义上的同性恋概念。即便是在那些被同性所吸引的人中也是如此,确实存在同性恋行为,但因为缺乏明确的话语,即使对涉身其间的人也难以了解其意义,直到王尔德事件这一情况才得以改变。在泰奥菲尔·戈蒂耶①1835年出版的小说《莫班小姐》中,男主人公达尔贝特意识到自己爱上了一个男人,并思考个中意味,格雷戈里·伍兹曾对此评论道:

> 这就是在1835年一个法国人如何对自己(以及对最亲密的好友)出柜的方式。注意到他认为自己的生活有了重大改变。他并没有仅仅困惑于自己对一个男子的肉体临时产生情欲,也没有困惑于这种想法的指向——他能由着情欲与这名男子做爱。不,这问题还要深刻得多,这是一个关于他身份认知的问题,而不是短暂的身体越轨。

伍兹指出,这种身份后来被称为"同性恋"。还可以认为,伍兹所描述的在戈蒂耶小说中的情况自鸿蒙之初(或更准确地

---

① 泰奥菲尔·戈蒂耶(Théophile Gautier,1811—1872):法国唯美主义文学家。《莫班小姐》的序言被认为是唯美主义的宣言。

说，自人类诞生）就已有之。出现这种情况的人似乎大体上明智地秘而不宣，或者驱逐这一身份，并在表面上顺应社会认可的性道德观，直到近些年为止。（在古希腊和古罗马，同龄男子之间的关系、排他性的同性恋则与男人与男孩之间的关系大有不同。）

从罗马帝国覆灭到奥斯卡·王尔德的审判之间，任何有涉同性恋情感的说法都极为有趣，因此某些16世纪的英语文本是十分重要的文献，如《十四行诗》的前126首，还有莎剧中的某些场景。伍兹先指出了这些剧作，让我们将《威尼斯商人》中的安东尼奥视为同性恋者，不过更明显的是《特洛伊罗斯与克瑞西达》中的阿基里斯与帕特罗克洛斯，然后他引用了《奥赛罗》里的段落，在该段中伊阿古追述了他与凯西奥同榻之时（伍兹强调说这没什么特别），听到他说"亲爱的苔丝狄蒙娜"，然后：

> 他就紧紧地捏住我的手，嘴里喊："啊，可爱的人儿！"然后狠狠地吻着我，好像那些吻是长在我的嘴唇上，他恨不得把它们连根拔起一样；然后他又把他的脚搁在我的大腿上，叹一口气，亲一个吻，喊一声"该死的命运，把你给了那摩尔人！"①

伍兹问，为何伊阿古没有推开凯西奥？但他并没有说伊阿古仅仅是一个同性恋主人公（假如伊阿古是同性恋的话）。他的

---

① 本章中莎剧使用朱生豪译本，莎士比亚十四行诗使用屠岸译本。

目的是为下文提到的《十四行诗》做好铺垫。他觉得第 20 首十四行诗最有趣：

> 你有女性的脸儿——造化的亲笔画，
> 你，我所热爱的情郎兼情女；
> 你有女性的好心肠，却不会变化——
> 像时下轻浮的女人般变来变去；
> 你的眼睛比女儿眼明亮，诚实，
> 把一切看到的东西镀上了黄金；
> 你风姿独具，掌握了一切风姿，
> 迷住了男儿眼，同时震撼了女儿魂。
> 造化本来要把你造成个姑娘；
> 不想在造你的中途发了昏，这老糊涂，
> 拿一样东西胡乱地加在你身上，
> 倒霉，这东西对我一点儿没用处。
> 既然她造了你来取悦女人，那也好，
> 给我爱，给女人爱的功能当宝！

在《莎士比亚十四行诗的艺术》中，海伦·文德勒[①]指出，第 20 首十四行诗"多行诗句中都有单词 hews（四开本的拼法）或 hues 的各个字母"。[②] 她还注意到贯穿全诗的阴韵这一"罕见

[①] 海伦·文德勒（Helen Vendler, 1933— ）：美国文学批评家，研究济慈、叶芝、狄更森等人的著作。
[②] Hue/hues 即为这首十四行诗中的"风姿"一词。

情况"。① 伍兹写道,批评家们对此诗尴尬不已。1840年D.L.理查森表示:"我真心希望莎士比亚没有写过这首诗。"1963年H.M.扬认为第20首十四行诗"显然不可能是一个同性恋写的"。他问,假如诗人是同性恋,造化加上的那一样东西——阴茎——如何可能对诗人"没用处"呢?"那须得是一件必备之物。"那可未必。格雷戈里·伍兹非常正确地指出:"毕竟对一个男孩来说还有比阴茎更重要的东西。比如他的肛门?"他说,伊芙·科索夫斯基·塞奇威克提醒我们,"此处和十四行诗其他地方一样,'没用处'指的也是女性的生殖器。"于是,正如伍兹写道,少年"得到赞美主要因为他愿意献出后背"。

之后伍兹又冷静地写了几段话,认为这首十四行诗,无论我们喜欢与否,都将其对象性欲化了,"构成了诗人对自己出柜的自我陈述"。把"出柜"这样的词用在莎士比亚和第20首十四行诗上,我想读者有权对此感到不自在,估计伍兹也是有意为此。他在论莎士比亚的那章里引用了一些对同性恋满怀偏见的评论家语。"风险无处不在,"他说,"一个国民诗人比任何一个差强人意的、碰巧用国民语言创作的作家更是面临被挑剔曲解的风险。"艾瑞克·帕特里奇②1968年在《莎士比亚之淫秽》中认为莎士比亚不是同性恋,开头就是"与绝大多数异性

---

① 阴韵(feminine rhyme):又名双韵,即韵脚单词有两个或两个以上音节分别押韵,且末尾音节不重读。以第20首十四行诗为例,开始的四句韵脚分别是pain-ted, pass-ion, quain-ted, fash-ion。相对于阳韵(以单音节重读,或多音节重读音节结尾),阴韵显得绵缓悠长。

② 艾瑞克·帕特里奇(Eric Partridge, 1894—1979):澳大利亚的英语辞典编撰者。《莎士比亚之淫秽》首版于1947年。

恋者一样,我相信……"伍兹引用了帕特里奇的话,并驳斥其论调,接着他引用了莎士比亚的传记作者赫斯基思·皮尔逊的话[1]:

> 同性恋者使出浑身解数把莎士比亚拉下水,把他当做他们自身怪癖的广告。他们援引第20首十四行诗来证明他是他们当中的一员。但此诗无疑证实了他在性取向方面是正常的。

哈雷特·史密斯[2]评论第20首十四行诗说:"诗人对这位朋友的态度是爱与欣赏,是奉承与占有,但全然没有性欲。"罗伯特·吉鲁认为,这些诗里的感情"并不能代表一个主动的同性恋者的感情"。彼得·利瓦伊认为"伊丽莎白时代的同性之爱肯定是禁欲的"。

胡扯吧,彼得。读过马洛《爱德华二世》的人有哪个会觉得爱德华与盖维斯敦是禁欲的关系,也不会有人看到剧本中爱德华把他的爱意转向斯宾塞那段后还没法接受和理解爱德华喜欢男人。莫蒂梅尔在剧中有一段话,似乎认为爱德华与盖维斯敦的那种关系有着悠久历史,只不过他自己就敬谢不敏了:

> 看他这般钟情盖维斯敦,

---

[1] 赫斯基思·皮尔逊(Hesketh Pearson,1887—1964):英国导演、剧作家,擅长传记创作。
[2] 哈雷特·史密斯(Hallett Smith,1907—1996):莎士比亚研究专家,《诺顿英国文学选》的编者之一。

就让他恣意任性为所欲为。
至伟的王者自有同好：
功勋盖世的亚历山大爱上了赫费斯提翁；
战无不胜的赫拉克勒斯为西拉斯流下眼泪；
铁石心肠的阿基里斯为帕特洛克罗斯一蹶不振；
除了王者，还有智者。
罗马的塔利爱过屋大维；
还有严肃的苏格拉底，狂放的阿尔西比亚德斯。
陛下的青春转瞬即逝，
我们便尽情担待吧，
让他尽情享用虚荣轻浮的伯爵，
待他年长稳重，便会丢弃这些玩物。①

"看到那工具，"哈里·莱文②写道，他指的是在剧本末尾捅了爱德华肛门的那个又红又热的棍子，"就足够让观众惊骇了，不过更深层次的想法——比如威廉·燕卜逊——认为这是对爱德华恶行的反讽戏仿。"伍兹无暇考虑更深层次的想法，他直截了当地写道，莱特伯恩"假装引诱基佬国王，然后提供给他每个基佬都需要的东西：顶在屁眼上的又红又热的棍子"。任何一个观众都看得懂。

---

① 原文出自《爱德华二世》第一幕的末段。
② 哈里·莱文（Harry Levin, 1912—1994）：美国文学批评家，专长现代主义与比较文学。引文中提到的燕卜逊是20世纪初英国著名文学批评家，代表作《朦胧的七种类型》。

前126首十四行诗中的大多数都带有一种巧妙的、戏谑的欲望，调子较为轻快，马洛笔下的同性恋情则阴暗得多。爱德华愚蠢又任性，他的同性恋人最终陷入泥淖。在惊悚的戏剧效果下，爱德华所受的惩罚会让每个与男人有过性行为的观众都心生恐惧。这也许是伊丽莎白时代的戏剧最为政治正确的时刻。至少，它并没有用积极色彩来描绘同性之爱，莎士比亚就有积极色彩，尤其是《第十二夜》。

这对同性恋作家和读者来说是个重要问题。伍兹写道，70年代文学作品中的男同性恋，往往给同性恋读者树立一种"模范，其所追求的种种幸福是解放后的同性恋生活所应有的"。福柯也意识到同性恋的幸福是一种严重的越界，他说："人们能容忍自己看到两个同性恋一起离开，但要是次日他们彼此微笑、牵手、温柔拥抱，他们是无法被原谅的。无法宽容的并不是离开去寻欢作乐这件事，而是幸福地醒来。"伍兹继续说：

> 同性恋评论者让同性恋作家意识到应该怎样去写合适的结局。同性恋主人公不能被谋杀或自杀，即使有除了同性恋行为之外的充分理由，因为他们不敢强化同性恋的悲剧之谜。

（《爱德华二世》的现代版会在剧终前让莱德伯恩递给爱德华一盒"精品街"糖果或一瓶卡尔文·克莱恩牌的须后水。）

1913年初，E.M.福斯特开始写《莫里斯》时就清楚意识到这点。小说开头，爱德华·卡彭特的朋友乔治·梅里尔轻轻地碰了碰他的后背：

> 就在臀部上方。我相信他摸过大多数人的。这种感觉很特别，至今我还记得，正如我记得一枚早已掉了的牙齿的位置。这种感觉既是心理上的又是生理上的，像是直接从腰下传入心中，一点没触到我自己的想法。

他去了哈罗盖特——他母亲正在那里就医，"就立刻开始写《莫里斯》"：

> 这个大致计划——三个人物，其中两个结局圆满——涌入我笔尖。整个过程非常顺利。一九一四年完稿。
>
> 圆满结局是必须的。我不该再去写别的结局。我决定让小说中两个彼此相爱的男人在小说允许的范围内一直相爱到永远。在此意义上，莫里斯和亚力克仍然徜徉于绿林间。我将这部小说题献给"更快乐的一年"，并非毫无意义。快乐是小说的基调，这点顺带也……使此书更难出版。要是结局不好，一个小伙子上吊或自杀，那么一切都好……但一对逃离惩罚的恋人是会怂恿其他人犯罪的。

四十多年后，福斯特还在思考此书的结尾，他重写了一个仍为圆满但更可信的结局（这对恋人不再生活在伐木工小屋里）。

同性恋作品有种写悲剧与不圆满的倾向——这正是福斯特与石墙事件后的作家们想要抵制的——这种倾向在爱尔兰作品中找到回音，最常见的是父亲或孩子死掉（利奥波德·布鲁姆①的父亲自杀，他的儿子死了），以及家庭纠纷。没有一部爱尔兰小说是以婚礼为结局的。如《威克菲德的牧师》(1766)与罗迪·道尔的《唠叨人生》(1989)②这类小说中出现的家庭幸福，只为了被毫不留情地摧毁。爱尔兰小说、戏剧、诗歌中最强烈的意象是破碎、死亡、毁灭。剧本中充斥着呐喊，诗歌中俯拾皆是哀歌，小说中到处是葬礼。

福斯特英勇地抗拒这点，在《莫里斯》中他没有让斯卡德被捕、上吊、去布宜诺斯艾利斯。相反，斯卡德再次与莫里斯会面，说："如今我们不该再分开了，就这样。"然而这并不能令人满意，这就好比利奥波德·布鲁姆幸福地结了婚，牵着儿子的手在都柏林散步。这会令人心生鼓舞和希望，在政治上也是正确的，但不符合另一种与希望、政治无关的真相。当然，随着同性恋生活的改变，爱尔兰的改变，这一真相也会改变，然后不幸的结局、夭折的孩子、疯癫的老父也许就会被贴上与艺术要求的真相无关的标签。

同时在我看来，90年代同性恋作家写的两部最优秀的作品（在这一时期所有作家创作的所有题材中也是出类拔萃的），用

---

① 利奥波德·布鲁姆：乔伊斯《尤利西斯》的主人公。
② 《威克菲德的牧师》：爱尔兰作家奥立佛·高德史密斯（Oliver Goldsmith, 1730—1774）的小说，维多利亚时期最流行的小说之一；罗迪·道尔（Roddy Doyle, 1958— ）：爱尔兰小说家、剧作家。

哀歌的形式纪念死于艾滋病的同性恋者。这两部是汤姆·冈恩的《夜里流汗的人》和马克·多蒂的《我的亚历山大》。两者都描绘了一个福斯特应会赞叹的、以同性恋的幸福——望福柯海涵——为基准的世界。

> 假如我今日得享永生
> 我想我也不会做出任何
> 改变

多蒂写道。两部作品都表现了同性恋的生活和同性恋的死亡：爱人与朋友、同性恋的性、同性恋社会。但每一句诗都流露哀愁，每一刻的生活都隐含着悲伤的结局。自由的同性恋生活被视为难得的恩赐，但也是悲剧。格雷戈里·伍兹引用了《经济学人》上的书评，书评人说自己对冈恩1982年的诗集《欢乐之路》印象平平，因为"它把同性恋写得很快乐"，而十年后出版的《夜里流汗的人》则"赋予他诗作前所未有的生命力和人的原始活力"。伍兹认为冈恩在《夜里流汗的人》之前的两部诗集"同样优秀"。这点我不同意。《夜里流汗的人》里的诗非常出色，并不因其"生命力"或"人的原始活力"——不管那叫什么——而是因为哀切的悲声与这些诗歌里正式的、几乎毫无私密感的语调之间的互动。也许也是因为这些诗满足了我要将同性恋人生写成悲剧的念想，一种我知道我应当遏制的念想。

弗雷德·卡普兰①在他的詹姆斯传记中写道："19世纪90年代中期，[亨利]詹姆斯身上开始发生不寻常的事，并在之后的十年中更为频繁。"他开始与年轻男子相恋。"詹姆斯的性自觉，"卡普兰继续道，"似乎既不是全然的懵懂，也不是尴尬的一清二楚。""其实我还想要你，"他对其中一个年轻人莫顿·富勒顿说，"你令人惊艳……你很美；你很懂人情世故，有神奇的温柔触感。但你人不好。是这样。你人不好。"

没有证据说明詹姆斯曾与他们发生过肉体关系。然而在《亨利·詹姆斯：年轻的大师》中，谢尔登·诺维克②提供了竟然颇有说服力的描述，詹姆斯或许曾与后来当了高级法院法官的奥利佛·温德尔·霍姆斯有过一段情事。那是在1865年，当年他二十二岁，霍姆斯二十四岁。诺维克接着写了詹姆斯如何在表妹明妮·坦普尔一事上与霍姆斯互争高下。这在凯特·克罗伊与默尔夫人③那里都能找到回音，一个有趣且有用的事实是，她们都是天真的即将坠入爱河的美国年轻女子。

詹姆斯对约翰·阿丁顿·西蒙斯的生活甚感兴趣，他时常从爱德蒙·古斯那里听说此人的事。当他风闻西蒙斯可能是同性恋时，他对古斯说他自己"好奇得寝食难安，只想再听到后续消息，哪怕是一张（写着暗语的）明信片也能缓解悬念"。

---

① 弗雷德·卡普兰（Fred Kaplan, 1937— ）：美国传记作家。著有《亨利·詹姆斯：一个天才的想象》。
② 谢尔登·诺维克（Sheldon Novick, 1941— ）：美国传记作家。著有两卷本的詹姆斯传，《亨利·詹姆斯：年轻的大师》与《亨利·詹姆斯：成熟的大师》。
③ 凯特·克罗伊、默尔夫人：分别是詹姆斯的小说《鸽翼》与《一位女士的肖像》中的女主角。

1893年古斯给了他一册西蒙斯私印的《现代伦理学的一个问题》，此书总共印了五十册，在道德接受度与审美价值上支持了同性恋。两卷本的西蒙斯传记在他死后出版，詹姆斯"饶有兴趣地读了……应该为他写篇一流的书评，一篇真正生动的文章，他是一个很有特色的话题。但谁来写呢？我写不了。虽然我想写"。

1892年，詹姆斯与"古怪的约翰·阿丁顿那道德观不一致的妻子"共进晚餐，这给了他创作短篇《〈拜尔特拉费奥〉的作者》的灵感。小说中一个美国年轻人拜访了一位名作家，作家的妻子很反感丈夫作品中的道德观。"他无法控制在艺术中表达自身最深沉的情感，"卡普兰写道，"他有两篇精彩的短篇《〈拜尔特拉费奥〉的作者》与《学生》都表达了无处发泄的同性恋情欲。"

问题是这些作品并没有。令人意外的是，詹姆斯能将自身的同性恋性取向摒除在作品之外。同样意外的是，有一些短篇很糟糕，稀奇古怪，晦涩难懂，又莫名地不完整，甚至有些是他在创作最后几部伟大作品的那几年里写的。幸亏有一系列关于古罗马、古希腊和佛罗伦萨的暗示，读者或可据此认为马克·安比恩特——《拜尔特拉费奥》的作者——在其著作中写过同性恋话题，因此他的妻子郁郁不乐。读者也可能认为小说中极为崇拜安比恩特的美国叙述人是同性恋。但同样可能的是，安比恩特的书并不是写同性恋的，叙述人也不是同性恋。马克·安比恩特已婚，有个非常漂亮的幼子。他的妻子担心儿子，也许是因为他父亲的性取向。但小说只写到她担心儿子会去读父亲的作品。而儿子仍在稚龄，这并不可信。《学生》也是一样。彭伯顿去莫林家教他们早熟而病弱（且极其不可思议）的儿子。这家人没有付他薪水，他还是留下来了，因为他喜欢这个孩子。小说并没有暗示他对孩子有邪念，也没说他是同性恋。你若乐意自可如此解读，但文本中没有。

詹姆斯可以通过添加几句话甚至几个字来改变这两篇小说的整体意味。但那样他就得从头写起。他选择不添加这些字，不让自己有机会将他头脑中的场景戏剧化，因为他无法把它写清楚。他在生活与创作中一直小心谨慎，一直严加控制，确保用于虚构作品的素材万无一失。《〈拜尔特拉费奥〉的作者》与《学生》的有趣之处就是他差点失去了这种控制力，但他失去了小说。

批评家们不会放过詹姆斯。他是同性恋，所以一定写过透露这方面证据的小说，只要我们仔细深入阅读就能发现。关于在《螺丝在拧紧》中迈尔斯被学校开除这件事上，伍兹发问："每个男孩不仅仅和自己喜欢的男孩说悄悄话，还讨论喜欢男孩这种话题，这是怎么回事？"然后回答："这点存疑。"为何要多此一问？《螺丝在拧紧》之所以成功，是因为故事中融入了那么几种可能性：叙述人是完全没有可信度的疯子，或者彼得·昆特真的甚至是在肉体上玷污了迈尔斯，或者两种可能都有。《〈拜尔特拉费奥〉的作者》与《学生》中的同性恋潜文本先被暗示而后取消，但此文中的潜文本是明白无误的。此文更容易做到这点是因为同性恋潜文本提供了纯恶的意象，而《〈拜尔特拉费奥〉的作者》中的好心的叙述人和天才作家都只能双双是同性恋才行，《学生》中的好老师和病男孩也是如此。应该了解的是，1885年通过了《刑法修正案草案》，私下的自愿同性恋行为要被判处两年重劳力刑罚。并不难想象亨利·詹姆斯对重劳力的态度。

在提到的这三篇詹姆斯的短篇中，天使般容貌的年轻男孩都最终死去。也许在1910年与1911年间，詹姆斯用弗洛伊德一名弟子的方法作分析时，发现了自己写的这些小说有何意味，但他并没有给我们留下线索（托马斯·曼的家人没法理解为何他把自己最疼爱的孙子作为《浮士德博士》中被残忍杀害的孩子的原型）。詹姆斯的第四篇小说《丛林中的猛兽》几近经典，也同样被诠释为含有同性恋主题。

在《柜中认识论》中，伊芙·科索夫斯基·塞奇威克有一篇关于詹姆斯和《丛林中的猛兽》的有趣文章。她写道，批评家们可能认为詹姆斯"将自身的同性恋欲望转化成作品中的异性恋欲望，转化得如此彻底如此成功，以至于这种差异性无迹可寻"。另一方面，她认为詹姆斯"经常——虽然并不是一直——尝试这种伪装或转化，且确实留下了痕迹，一种痕迹是他不想转化的材料，另一种痕迹是只能被粗暴胡乱地转化的材料"。

在《丛林中的猛兽》中，梅·巴特拉姆遇见了约翰·马尔谢，她记得他十年前告诉过她的那个"秘密"。"你说过你自小就知道，在你心底最深处藏着什么怪异的可能是非常可怕的事儿，而且迟早会发生。"伊芙·科索夫斯基写道："我认为马尔谢的秘密如果有内容的话，那就是同性恋。"

我认为马尔谢的秘密显然是有内容的，那很可能就是同性恋。这篇小说的问题是，这个"秘密"、"什么怪异的"是一种笨拙的自我戏剧化，乍一听会让人发笑，在小说中马尔谢过了好久才摆脱这个问题。读者有权期待两种情况，一种是多年之后马尔谢的秘密最终成为巴特拉姆一直在说的幻觉，另一种是在小说末尾真有灾难降临到他头上，这像是兰慕别墅①中来了几分卡夫卡的感觉。小说中仅有的两个人物都性情孤僻，神经兮兮。梅在去世前暗示她知道这个"秘密"是什么，这指的是某种已经发生的情况。在她死后，马尔谢也模糊地意识到了那是什么。他没有恋爱过，他不能恋爱。他显然无法去爱梅·巴特拉姆，正如詹姆斯无法去爱康斯坦斯·费尼莫尔·伍尔森②。至于梅是否一直都明白马尔谢的不能，就任由读者评说了。他不能爱她或许因为他是同性恋。因为他无法处理自身的性取向，就谁都不能去爱。卡普兰指出，这"象征着詹姆斯从未过好这一辈子，一直拒绝爱与性的噩梦"。

当你了解詹姆斯的生活后，这篇小说更为阴暗，而他的长篇小说中几乎从未出现类似情况。你意识到小说引导你去期待的灾难，正是詹姆斯所选择的或被迫选择的那种生活。"在他的全部作品中，"莱恩·埃德尔③写道，"没有一个故事比这个被

---

① 兰慕别墅（Lamb House）：位于英国的小镇拉伊，亨利·詹姆斯在别墅中度过晚年（1897—1916）并创作了几部最优秀的长篇小说。
② 康斯坦斯·费尼莫尔·伍尔森（Constance Fenimore Woolson，1840—1894）：美国女作家，游历广泛，著作颇多。1894年从威尼斯的寓所坠楼身亡，据说因抑郁症自杀。生前与詹姆斯交往颇深。
③ 莱恩·埃德尔（Leon Edel，1907—1997）：美国文学批评家与传记作家。他四卷本的《亨利·詹姆斯传》被认为是关于詹姆斯的权威传记，并为他赢得国家图书奖与普利策奖。

注入更多的个人情绪。"在《丛林中的猛兽》中,詹姆斯孤独的存在以最可怕的方式呈现出来:一种冰冷的生活。小说中有这样一句话:"他是这个时代的一个人,这个人,对他而言世上的一切未曾发生。"伊芙·科索夫斯基·塞奇威克写道:"否认这个秘密有内容——明言它并无内容——是典型的并且'令人满意'的詹姆斯式的正式姿态。"但这并不是一种典型的或令人满意的正式姿态。表面上这是一个男子意识到自己无法去爱是种灾难,但对熟悉埃德尔或卡普兰的詹姆斯传记的读者,对愿意在字里行间寻找线索的读者而言,这是一个同性恋男子的性取向将他冻结在了世上。以其各种内蕴而论,这是一篇凄凉而令人不安的小说,用埃德尔的话说,是詹姆斯"最现代的故事","没有一种情感触动过他,因为这正是情感的含义。他是从生活之外观察,而非从内心体验"。

延伸阅读:

《同性恋文学史》(*A History of Gay Literature*:*The Male Tradition* by Gregory Woods,Yale)。

奥斯卡·王尔德：黑暗时代的爱

1895年最初的两个月，奥斯卡·王尔德忙得马不停蹄。一月底他和阿尔弗雷德·道格拉斯在阿尔及尔。他写信给罗伯特·罗斯："此处美不胜收，卡比尔男孩非常可爱。起初我们好不容易才找到一个能胜任的向导，但现在一切都好，波西和我吸了印度大麻，这种体验十分精妙：三口烟之后是宁静与爱。"1月27日星期天，安德烈·纪德也在阿尔及尔，根据他的自述，他从东方大酒店退房时，在住客名单上瞧见了王尔德和道格拉斯的名字。他们的名字在最下面，这表示他们刚到。在纪德一个版本的说法中，他的名字在最上面；但在另一个版本中，他的名字和王尔德排在一起。总之，他后来写他拿起海绵擦掉了自己的名字，然后赶去火车站。

当年纪德二十五岁，之前在巴黎和佛罗伦萨见过王尔德。关于在阿尔及尔遇见王尔德的事，他留下了三个版本的说法，后来阿尔弗雷德·道格拉斯怒驳过其中一部分内容。第一个版本是次日写给母亲的信。他向她解释道，前一日他三思之后，决定回到酒店，并因此误了火车，他不想让王尔德认为他是有意回避他。"这个可怕的人，"他写道：

这个现代文明最危险的产物——和在佛罗伦萨一样，年轻的道格拉斯勋爵仍然陪伴他左右，这俩人在伦敦和巴黎都被列入名单了，还形影不离，真是这世上最能彼此牵累的一对。

又写道：

（王尔德）同时也魅力无穷，难以想象，最重要的是他有伟大的人格。我有幸知之颇多，数年前在巴黎与他熟识；当时他风华正茂，他不可能再有那样的好岁月……年轻的勋爵有何优秀品质，那可不好说；王尔德似乎已让他堕落到了骨髓里。

两天后，纪德再次致信母亲：

这等人物只在莎士比亚的戏剧里见过。王尔德！王尔德！还有比他更悲剧的人生吗？假如他更谨慎些——假如他能够更谨慎——他将会是个天才，一个伟大的天才。但如他所言所知："我将我的天分融入我的生活，我只将我的才华融入我的作品。我知道，这是我人生的最大悲剧。"故而那些甚为了解他的人在他身边仍不时感到震恐，我就一直这样……我很高兴在如此遥远的地方与他相遇，虽然阿尔及尔并没有远到让我毫无恐惧地面对他；这些话我当面告诉他的。要不是王尔德的戏在伦敦演到了三百场，要不是威尔士亲王出席了他的首演，他就会进监狱，道格拉斯勋爵也是。

安德烈·纪德没有告诉母亲在阿尔及尔真正发生了什么。二十五年后，他在《如果种子不死》①中说那是他人生的转折点。王尔德把纪德带到了城里僻静处的一家咖啡馆。当时阿尔弗雷德去了比斯克拉寻找一个叫阿里的男孩。上茶后，纪德注意到半掩的门口有个"绝妙的少年"。"他在那儿待了很长时间，他抬起一只胳膊倚着门框，身形映衬在夜色中。"王尔德唤他过去，他坐下来吹起了芦笛。王尔德告诉纪德，他是波西的男孩。

> 他有橄榄色的皮肤，我喜欢他用手指握着芦笛的样子，他修长的少年身躯，从鼓鼓囊囊的白色短裤里伸出来的两条细长光洁的腿，一条腿弯过来搁在另一条腿的膝盖上。

他们离开咖啡馆后，王尔德问纪德想不想要这个男孩。纪德紧张地说他想要。设下一系列圈套的王尔德哈哈大笑，他对纪德性取向的怀疑得到了证实。他们在一家旅店喝了酒，然后去了一栋楼里，王尔德有一套公寓的钥匙。芦笛演奏者翩然而至，同来的还有另一个为王尔德奏乐的人。

（纪德）用他赤裸的臂膀抱住了那具完美的、野性的小

---

① 《如果种子不死》(Si le grain ne meurt)：是纪德关于早年生活的回忆录，其中披露了他发现自己是同性恋的心理历程。

身体，如此黝黑，热切，撩人……穆罕默德离开我后，我长久地处于一种战栗的欢欣中，尽管和他在一起时已有过五次肉体的欢愉，他走之后我还是多次心醉神迷，我回到酒店房间，孜孜回味直到天明……从此往后，每当寻欢作乐，我想要的总是那一夜的回忆。

似乎对纪德来说没有更大的快乐了。接着他与道格拉斯碰面，道格拉斯手里牵着穿得像阿拉丁的阿里，纪德告诉他母亲，阿里约莫十二三岁。三人住在比斯克拉的皇家酒店。在与纪德的交谈中，道格拉斯"不停地回嘴，对于我说起来极为尴尬之事，他说起来就有一股令人反感的固执，因他毫不尴尬，我更为尴尬"。然而纪德写他觉得道格拉斯"魅力十足"。

王尔德在1895年1月31日离开阿尔及利亚，去参加《不可儿戏》的彩排，这出戏在2月14日上演。到港的渡轮因为暴风雨晚点二十小时，横渡地中海的旅程颇不平静。他在去伦敦的途中驻足巴黎，见了德加①。德加向他复述了自己在巴黎的一家自由党商铺开张时的发言："过多的品味将导向监狱。"

《不可儿戏》是当年王尔德的第二部戏。1月3日《理想丈夫》首演，出席的嘉宾有威尔士亲王、鲍尔弗、张伯伦。这出戏大获成功。二月初在伦敦，王尔德参加了《不可儿戏》的彩排。演员兼剧团总监乔治·亚历山大是该戏的导演，也在其中扮演角色，是他劝王尔德删掉了阿尔杰农欠债被捕的最后一

---

① 德加：指法国印象派画家埃德加·德加。

幕。这出戏同样大获成功，口碑票房双丰收。《纽约时报》宣布："或许可以这么说，奥斯卡·王尔德终于一举将他的敌手踩在脚下。"

没有证据表明王尔德从阿尔及尔返回后回家与妻儿团聚。他似乎仍住在伦敦多家酒店。2月17日左右，他写信给刚从阿尔及尔回来的道格拉斯，"你当然要和我待到星期六。然后我想我会回泰特街。"泰特街是王尔德和家人的住所，他并没有回去。

1895年最初的两个月，奥斯卡·王尔德对于亨利·詹姆斯是挥之不去的梦魇。相比王尔德的信件，这段时间詹姆斯的信件让我们更清楚地看到，在19世纪的转折点上，一出新戏的首演意味着什么。"谁能否认剧院无上的权威，"他写道，"谁又能否认舞台是最有力的现代推进力？"1月5日，詹姆斯的戏剧《盖·多姆维尔》在圣詹姆斯剧院上演（紧接着在同一家剧院上演《不可儿戏》），导演也是乔治·亚历山大，他拿到王尔德的戏的版权就是因为詹姆斯的戏一败涂地。"我的一切快乐，"詹姆斯在12月15日写信给刘易斯夫人，"都被圣詹姆斯剧院里一次次彩排所带来的（坦白地说）紧张和疲累给摧毁了。"首演当晚，詹姆斯"灵光一现"，去附近的秣市剧院看两天前开始上演的《理想丈夫》。"这种时候，"他写信给他兄长，"一个人需要宗教信仰。"

"我从头看到尾，"他写道：

> 看到它各方面都大获成功（至少挤满人的剧院就是一方面），这让我忧惧不已。在我看来这戏简直不可救药，品

位低下、糟糕、粗劣、疲软、庸俗……

他自己的戏成了一场灾难。当他出现在舞台上时，付钱买票的观众一直喝倒彩。他写信给莫顿·富勒顿："那晚最讨厌的一个钟头里——只有那一个钟头，因我那出无伤大雅、别出心裁的小戏，粗俗野蛮的噪乱甚嚣尘上。剧院的深渊黑不见底。"这出戏撤掉的当晚，詹姆斯写信给女演员伊丽莎白·罗宾斯——奥斯卡·王尔德曾给她写过几封仰慕信，"我生命中最憎恨的事件之一终于结束了，为此我心里落下一块石头。"2月22日，詹姆斯写信给兄长，"奥斯卡·王尔德在《盖·多姆维尔》之后上演的滑稽剧，我想是很成功的，现在他有两出戏同时大红大紫，一定财源滚滚。"

与此同时——很可能是在同一天，王尔德写信给乔治·亚历山大再度要钱。

> 我收到四百英镑的法庭令状，说我发财的谣言已经传到商业阶级，而且我这家酒店着实讨厌得很。我想离开这里……抱歉，我的生活因奢靡铺张而千疮百孔了，但我无法换种生活。

此刻的王尔德收获的是艳羡与赞扬，而不是之前从公众、媒体那里得来的嘲讽和鄙视。他在伦敦的两个剧院都满座。他标新立异的海外旅游和不称心的酒店都让他沉不住气。从那两个月我们所知的情况不难推测，他的精神状态、他不安又含糊的自我感觉,是没有定性的。即便他没有卷入阿尔弗雷德·道格拉斯父子之事,他在当时做出的其他决定都可能让他误入歧途。

王尔德与道格拉斯以及道格拉斯的父亲昆斯伯里侯爵的关系,在他的信中记录得很清楚。然而这一事件的另一个重要方面却几乎彻底湮灭。他写给妻子康斯坦斯的信被销毁得只剩三封。一封是在他俩结婚的1884年,在爱丁堡写的。

> 啊,这些糟透了的事,使我们的唇不得亲吻,虽然我们的灵魂合二为一……我感觉到你的手指在我发间抚弄,你我耳鬓厮磨。空气中充满你音乐般的嗓音,我的灵魂和身体都似乎已不再是我的了,而与你在一处心醉神迷。没有你,我是不完整的。你永永远远的奥斯卡。

第二封信的语气就截然不同了。写于1895年2月,当时麻烦初始:

> 亲爱的康斯坦斯,我想最好不要让西里尔[他们十岁的儿子]来。我已经给巴德利先生[西里尔的校长]拍电报说这事了。我会在九点钟去见你。你务必要在家,这很要紧。你永远的奥斯卡。

第三封写于1895年4月,也许是昆斯伯里审判的最后一天,信上说:

亲爱的康斯坦斯，今天不要让任何人进我的卧室和起居室——除了仆人。除了朋友，不要跟任何人见面。你永远的奥斯卡。

阿尔弗雷德·道格拉斯在阿尔及尔一直待到2月18日，于是错过了《不可儿戏》的首演。但他的父亲昆斯伯里侯爵本打算去。"波西的父亲今晚要来大闹一场，"王尔德写道，"我要阻止他。"王尔德写信给圣詹姆斯剧院的经理，请他致信昆斯伯里，"你抱歉地发现给他的座位已经卖掉了，把钱退给他。我希望这样可以阻止事端。"于是昆斯伯里没能成为首演的观众，也没能大闹一场。但他给王尔德"送了一束怪异的蔬菜"，并"徘徊了三个钟头，才像只巨猿那样哼哼唧唧地离开了"。

王尔德本想留在伦敦观看《不可儿戏》的彩排，但在道格拉斯的坚持下，他只得去阿尔及尔。王尔德给阿达·勒韦尔逊写信说："我求他让我留下来看彩排，但他性子那么好，一口回绝。"道格拉斯回到伦敦后，与王尔德一起住在皮卡迪里街的埃文代尔酒店，俩人都欠了一百四十英镑的账单，酒店扣留王尔德的行李直到他结清款项。道格拉斯提出邀请一个年轻朋友与他同住，王尔德拒绝，于是道格拉斯搬去了另一家酒店。

2月18日，当儿子从阿尔及尔旅行归来，昆斯伯里侯爵在王尔德的俱乐部里给王尔德留下了那张著名的名片，附有便条："致装腔作势的鸡奸者奥斯卡·王尔德。"[1] 王尔德直到2月

---

[1] 原文中 somdomite 是对 sodomite（鸡奸者）的误写，该笔误因此事件而闻名。

28日才收到。王尔德起初回应的语气有些奇怪。在那之前，他的信不是寻求事业发展（语气大多厚颜无耻），就是写得同样厚颜无耻但又轻浮、揶揄、风趣。然而1895年2月28日从埃文代尔酒店写给罗伯特·罗斯的信不同了，那逐渐成为他生命中最后五年的语气。暴躁，自怜，再没有他精心维持了二十年的风格和嬉讽感。似乎他已不再是柏拉图概念的他，而仅仅是威廉·王尔德爵士的儿子，自视甚高，容易受伤。

> 亲爱的鲍比，自你我会面以来，发生了一些事。波西的父亲在我的俱乐部里留了写有恶语的名片。我眼前只看得到一场官司。我整个生活好像都被这个人毁了。象牙塔被污秽之物攻击。我的人生泼洒在沙地上。我不知道该怎么办。

该怎么办似乎一清二楚。罗伯特·罗斯让他不要轻举妄动。有件事很重要，当时王尔德的确考虑去巴黎，却被伦敦酒店老板阻止，因他尚未结清款项。他并未坚执地寻求公正，或毋宁说是耻辱。但道格拉斯急于行动。几周后，王尔德与道格拉斯从蒙特卡洛旅居回返，当时显然昆斯伯里正在写和解信，王尔德与弗兰克·哈里斯、萧伯纳在皇家咖啡馆见面。哈里斯竭力劝他放弃官司，离开这个国家，萧伯纳也持相同意见，王尔德似乎被他们说动了。（"你必输无疑，"哈里斯对他说，"你毫无机会，英国人可是鄙视败者的。"）正在此时，道格拉斯来了，他怒斥哈里斯的建议。当道格拉斯一阵风地冲出餐厅，王尔德也跟了出去，一边说"你真不友好，弗兰克，你太伤和气了"。

他没有采纳他们的建议。后来，在《自深深处》中①，王尔德回顾了当时发生的事：

> 我们回到伦敦后，我那几位真心关心我的朋友，恳求我避去国外，不要面对任何可能的审讯。你将他们的意见斥为动机卑鄙，还说我听取意见就是怯懦怕事。你逼迫我恬不知耻地应对，如有可能，则站在被告席上做出荒唐愚蠢的伪证。最后，我当然被捕，那一刻你父亲成了英雄。

如王尔德这般练达、聪慧的人，对统治阶级的法律如此警醒，听取了如此多的建议，对勒索信无计可施又破了产，为何就那么轻易被导向他的末日，这是个难解之谜。但在他的经历和背景中，尤其是就他的忠诚度而言，有诸多重要方面使他与众不同。此外还有他与阿尔弗雷德·道格拉斯奇怪而又强烈的牵缠。这些都需要解释。

王尔德家族属于爱尔兰新教徒的一个小分支，这个分支虽然在19世纪下半叶支持过爱尔兰民族主义运动，在爱尔兰仍属统治阶级，并与伦敦的上层和睦相处。他们对爱尔兰自由事业有着浓厚兴趣，也因之有了过人一等的眼力，跳出自身环境，形成惊人的个性和思想上的独立性。其中产生了叶芝的诗歌、格雷戈里夫人的杂志；也有威廉·王尔德爵士夫妇。

---

① 《自深深处》是王尔德在狱中写给道格拉斯的一封长信，信中充满对道格拉斯爱恨交织的情绪，以及他对宗教、艺术、伦理的见解。

"最近几年，"叶芝在《颤抖的面纱》(1922)中写道，"我经常通过王尔德的家族史来向自己阐释这个人。"叶芝讲了一个都柏林老谜语："问：威廉·王尔德爵士的指甲为什么那么黑？答：因为他给自己抓痒。""他们是名人，"叶芝写道：

> 有不少类似这样的故事，甚至还有一个可怕的民间传说……讲威廉·王尔德爵士［他是眼科医生］取出某人的眼珠……放在盘子里，准备过一会儿再装回去，但眼珠被一只猫给吃了……王尔德家族显然是能满足查尔斯·克莱弗想象的那一类型，又脏又乱，有进取精神……富有想象力，又有学识。

叶芝笔下的王尔德夫人则是：

> 或许一直在渴求可望不可即的光辉人物与优越环境，尽管当然掺杂了许多自嘲……我想她儿子过的是一种毫无自嘲的想象中的生活，最终上演了一出与他童年和少年时期所知皆相悖的戏。

王尔德夫人用斯佩兰萨的笔名写诗，她告诉一个诗人朋友：

> 你，以及其他诗人，仅仅在诗中表达了你们弱小的灵魂就志得意满了。而我表达的是一个伟大民族的灵魂。除此以外都不能令我满足，我是公认的以诗歌为爱尔兰人民

代言的声音。

她沉溺于豪言壮语中无法自拔：

> 我应当有轰轰烈烈的人生——中规中矩、亦步亦趋的生活对我太过平淡——啊，我如此不合世流，恣意进取。我希望能在帝国获得满足，哪怕我终结在圣赫勒拿①。

她的爱国诗歌发表在《民族》上。创刊于1842年的《民族》是最能鼓动爱尔兰民族主义的出版物。

1848年，《民族》的主编加万·达菲入狱，王尔德夫人抓住机会写了两篇社论，她已忍无可忍。第一篇中她说"与英国之间拖延已久的战争已经打响"，另一篇中她说"啊！在天堂之光的辉映下，一万柄火枪熠熠生辉"。政府不打算指控斯佩兰萨，于是这些被列入了对加万·达菲的指控。而她参加庭审，当听到这些文章被提起，她从旁听席上咆哮起来，声称她才是作者。

1852年她嫁给威廉·王尔德，当时威廉已有三个承认的非婚生子女（据叶芝说，他们的母亲是都柏林一家"黑橡树铺子"的店主）。"我不知道王尔德夫人对她丈夫有何看法，"叶芝在1921年写信给自己儿子，"她还是埃尔吉小姐时，巴特夫人和她丈夫（就是为加万·达菲辩护的律师、政治活动家艾萨克·巴特）就发现了她，并告诉我母亲，当时她处境优渥，所以能够

---

① 圣赫勒拿：南大西洋的一个火山岛，地处偏远，是英国的海外领地。1815年拿破仑被流放至此并死于岛上。此处王尔德夫人以拿破仑自喻。

承担得起智慧和宽容。"

威廉·王尔德的民族情绪没有妻子那么强烈。在他二十五岁写的第一本书《马德拉岛、特内里费岛与地中海之旅》中,他把自己说成英国人。后来他被任命为"女王常任眼科医生",这一职位是专为他开设的(她一定不知道他的脏指甲)。1864年他被授予爵位。

后来不少人描述了王尔德夫妇在他们梅瑞恩广场的家中宴请宾客的事。萧伯纳记得威廉·王尔德:

> 穿着沉闷的棕色礼服,因他看起来永不干净的皮肤,站在盛装的王尔德夫人身边,就有种戏剧效果。他像是超越了肥皂与水的腓特烈大帝,而他那尼采信徒的儿子超越了善与恶。

亨利·弗内斯写道:

> 王尔德夫人如果好好收拾一下,衣着妥帖朴素的话,就俨然是一名贵妇了,但那一身闪闪发光、悲剧女王似的俗艳打扮和化妆,让她成为对母性的滑稽表演。她丈夫跟只猴儿似的,可怜巴巴的小东西,显然没有刮胡理发,他俩看起来像是在尘土里滚过……他们那都柏林的浮夸居所对面,就有一家土耳其浴室,但各方面显示,威廉爵士和他妻子都没去过街对面。

这些描述都在多年之后，弗内斯的是1923年，萧伯纳的是1930年，都没有计入当时对王尔德夫妇的描述，而当时的记载表明他们广受尊敬钦慕。王尔德爵士的头三个孩子始终是个谜；他被认为是当代最出色的眼科医生；他在文物收藏方面的工作，以及对爱尔兰风景与民俗的详细纪录，对正在萌发的古爱尔兰研究做出重要贡献。王尔德夫人和《民族》的关系被视为她事业性的一面；她的诗歌和翻译备受赞赏。威廉爵士夫妇收到邀请无数，他们周六下午的聚会参加人数过百。

1864年，奥斯卡九岁那年，他们在城里的地位略有改变。威廉有一个叫玛丽·特拉弗斯的病人，声称医生麻醉并强奸了她。王尔德夫人写了封信辱骂玛丽，玛丽以诽谤罪提起诉讼。她只得到微不足道的索赔。因为诉讼费很高，王尔德还得到了医学界的支持。他继续行医，在1867年出版了《科里布湖》，理查德·埃尔曼认为这是他最轻松的作品。1873年，爱尔兰皇家科学院授予他最高荣誉。

由此，王尔德夫妇同时生活在这个条条框框的世界内与外。他们驾驭爵位游刃有余，王尔德夫人也从未背弃她激情洋溢的社论（虽然她在19世纪60年代和70年代因政治原因消停过一段时间）。他们是维多利亚盛世中都柏林社会的中坚分子，然而他俩（他尤胜于她）也视性道德如无物。俩人还从不低调。他们忠于一个尚未到来的爱尔兰，一个存在于她诗歌中和他好古癖中的梦幻爱尔兰；他们也忠于自身的优越感和权力，那来自他们都称颂的古代文化中的压迫者。他们拥有双重授权，立场暧昧，这似乎使他们脱开羁绊，得到关注，留名青史，让他们能随心所欲，也让王尔德夫人在1879年丈夫死后，跟随儿子去了伦敦，并将沙龙也搬了过去。

在奥斯卡·王尔德所有提到母亲的信中，没有半分讥嘲和不忠。大多时候，他并不称她为母亲，而是王尔德夫人。他的早年信件提及母亲似乎总是备极赞誉。他一有机会就四处推荐她的作品。在他牛津的英国朋友圈子里，他喜欢模仿一个遵纪守法的模范。1876年8月，他二十二岁时，他致信威廉·瓦德，说起他们的同时代人查尔斯·托德——此人后来成为皇家海军的随军教士：

> 在我们朋友托德的伦理刻度表上，他的道德水银柱是在哪个高度？昨晚十点左右我逛进剧院，意外地看到托德和唱诗班男孩小瓦德一同待在一个包厢里，托德大半个身子隐在暗处……我寻思着小瓦德在跟他做什么呢。就我自己而言，我相信托德品行端正，只是对那孩子进行心灵训导罢了，但我认为他只带一个孩子在身边可不是明智之举，如果他确实将那孩子带在身边……他（托德）的神情忸怩不安。

早期信件中，他是个生活检点的希腊语学者，与他的教授一同旅行，把自己的诗作投去杂志，去爱尔兰西部的父亲家钓鱼，父亲过世后，他让人把都柏林郊区房产的租金"直接付给我"。他不怎么检点的只有天主教，以及在二十四岁那年与弗洛伦丝·巴尔科姆有过一段风流韵事。她与布拉姆·斯托克订婚后，想见王尔德最后一面，他给她写了封信，语气比巴拉克诺夫人①大权在握时更傲慢：

> 至于我拜访哈尔康特街一事，亲爱的弗洛伦丝，你知道，这种事是绝无可能的。这对你不公平，对我不公平，对那个即将成为你夫婿的男人也不公平，我们之前哪次会面不是在令堂府上，没有得到令堂的准许？我确信你会三思的；而作为一个品德高尚的人，我不会与你见面，除非得到令尊令堂的首肯，并在他们家中见你。

一年后，他已在伦敦安顿下来，信中多了一种不那么认真的口吻。"亲爱的哈罗德，"他写信给哈罗德·博尔顿②——博尔顿时年二十五岁，比王尔德小五岁：

> 我时常与漂亮人物共进下午茶，我一直很乐意见到你，并将你介绍给他们。无论哪个晚上你来剧院，我都会很高兴在邋遢、浪漫的房子里给你备好一张床。

此后两年，他时而玩世不恭，时而厌倦世事。1881年夏，他致信马修·阿诺德③：

---

① 巴拉克诺夫人：王尔德《不可儿戏》里的角色，代表了剧中贵族夫人的形象，反对女儿与男主角约翰·华兴的婚事。本章中《不可儿戏》和《理想丈夫》的人名和台词从余光中译本。
② 哈罗德·博尔顿（Harold Boulton, 1859—1935）：英国准男爵，歌曲作家、慈善家。
③ 马修·阿诺德（Matthew Arnold, 1822—1888）：英国诗人、批评家。他的社会文化批评对同时代作家影响很大，代表作有《评论集》、《文化与无政府》。

也许为时已晚，但我现在才知道所有的艺术都要求孤独作伴，才知道这种伟大艺术的艰绝之处，而您是这方面的翘楚。

信中他还附了自己的第一本诗集。

他在大人物间游走自如。他写信给比他小五岁的乔治·寇松①，感谢他在牛津辩论会上为他辩护。信开头第一句是"您是个大好人！"1883年，他再次写信给已从东方回来的寇松，盼望"您带了古怪的地毯和更古怪的神明回来"。他不费吹灰之力地推销自己。他致信奥斯卡·布朗宁②："如果您有时间，并且高兴的话，望能惠鉴我即将出版的第一册诗集。"他写信给罗伯特·布朗宁："您能收下我的第一册诗集吗？我自幼读您的作品，从力量和辞采中领略喜悦和惊奇，这是我唯一能回报您的。"1881年秋，他写信给艾伦·特里："亲爱的艾伦·特里小姐③，您能收下我第一个剧本的首印册吗？是关于现代俄国的剧［《薇拉》］。或许将来我能有幸写一出值得您出演的剧。"几个月后，他写道："亲爱的内利，我希望你今晚旗开得胜。"结尾是"爱你的朋友"。

---

① 乔治·寇松（George Curzon，1859—1925）：第一代凯德尔斯顿的寇松侯爵，英国保守党政治家，1898—1905年任印度总督，1919—1924年任外相，曾在决定英国的政策方面起主要作用。
② 奥斯卡·布朗宁（Oscar Browning，1837—1923）：英国作家、历史学家、教育改革者。最大成就是成立了剑桥大学培训日校，这是英国历史上最早的师范学校之一。
③ 艾伦·特里（Ellen Terry，1847—1928）：曾是英国最重要的莎剧演员。原名爱丽丝·特里，艾伦·特里是她的艺名。

那个给弗洛伦丝·巴尔科姆写信的拘泥古板的少年，变成了给哈罗德·博尔顿写信的油腔滑调的青年，又变成给"亲爱的内利"送花的年轻诗人，其间不过三年。对他而言，改变并不困难。因为他的忠诚与他父母的一般善变；他的根基浅薄，不比乔治·寇松、哈罗德·博尔顿这类人；他的阶级身份和民族身份都过于复杂，容易被塑形，被左右。

1881年4月，当吉尔伯特和沙利文的《耐心》在伦敦首演时，奥斯卡·王尔德已出名，剧中本特索恩这个轻浮诗人的角色，被认为是对王尔德的讽刺戏仿，而当时他尚未出版第一部诗集。在1881年12月24日他出发去美国前，他不知怎的就已成了名人，在那之后就更有名了。他说过的甚至是没说过的话都广为流传。他在美国旅行整整一年，做了一百五十场演讲，赚了六千美元。他有三个常规讲稿：《装饰艺术》《美丽的房子》《十九世纪爱尔兰诗人与诗歌》。"在这里大获成功，"他致信一位朋友：

> 他们告诉我，狄更斯之后还没有过这样的事。我要被名流圈撕碎了。请约铺天盖地，晚宴无比精彩，成群结队的人等着我的马车。我挥一挥戴着手套的手和象牙手杖，他们就群起欢呼。姑娘们非常可爱，男人们淳朴而聪明。我走到哪里都有摆着白百合花的大房间住。不时有"男孩"[香槟酒]，还有两个秘书，一个帮我签名，回数百封求签名的信，另一个棕色头发的，把他自己的头发寄给那些

索要我头发的年轻小姐,他正在迅速变秃。还有一个黑人仆人,是我的奴隶——在一个自由的国度离开奴隶可没法活——他真像克里斯蒂剧团①里出来的,除了不会谜语。还有一驾马车和一个长得像小猴子的黑老虎[穿制服的黑人马夫]。

一个月后,他写信给另一位朋友:"我简直高歌猛进,过着年轻的锡巴里斯人②的生活,像一个年轻的神一样到处旅游。"他见了沃尔特·惠特曼(惠特曼吻了他);他见了亨利·詹姆斯(他侮慢了詹姆斯);他差点还见了杰西·詹姆斯③("美国人……总是从犯罪阶层中找出他们的英雄");他定制自己的特殊行头("袖子要印花,不是天鹅绒就是印大图案的丝绒。这会引起轰动。");他见了矿工(他谈起波提切利时"强壮的男人哭得像孩子"),以及摩门教徒("非常,非常丑陋"),还有印第安人("他们说的话大体有趣,只要你听不懂")。五月,他写道:

> 现在我有六英尺高(我那印在海报上的名字),我一生都在反对使用基础色来印字,但这毕竟是名声,什么都比高尚的无名更好。

---

① 克里斯蒂剧团:艾德温·皮尔斯·克里斯蒂创办的黑人剧团,他发展了黑人剧团的标准"三幕"式演出模式。
② 锡巴里斯人:锡巴里斯是古希腊的一座城市,锡巴里斯人以穷奢极欲闻名。
③ 杰西·詹姆斯(Jesse James, 1847—1882):著名的美国强盗,内战时参加游击队袭击反奴制,战后屡次高调地抢银行,死后被塑造为一个传奇人物。

1883年1月6日，王尔德回到英国，接着在巴黎待了三个月，挥霍他赚到的钱，与当时有名的作家和画家见面。然后他又回伦敦。1883年11月26日，康斯坦斯·劳埃德写信给兄长奥索："有一个震惊的消息，你要做好心理准备！我与奥斯卡·王尔德订婚了，我开心得快要疯了。"王尔德写信给利利·兰特里：

> 我就要跟一个叫康斯坦斯·劳埃德的漂亮姑娘结婚了，她是一个端庄、纤细、有紫罗兰色双眼的小阿尔忒弥斯，浓密的褐色发卷使她花一般的脑袋像花一般低垂，她漂亮的象牙白的双手从钢琴上奏出美妙之音，连鸟儿也停下鸣唱，听她弹琴。

从1884年5月结婚，到八年后与阿尔弗雷德·道格拉斯结交，其间王尔德的书信呈现出一种家庭幸福与不安交织的情状，他忠于婚姻，又对未来有所预示。早在1884年12月，王尔德给菲利普·格里菲思——出身伯明翰富庶家庭的二十岁的年轻人——写信：

> 亲爱的菲利普，我让麦凯先生转交给你一张我的照片，望你喜欢，并回报我一张你的照片，我会用它来记住一次难忘的会面，以及一同度过的美妙时光。你有一种热爱一切美的事物的天性，我希望我们能很快见面。

一年后王尔德写信给一位朋友：

> 有朝一日你会发现，正如我已发现，世上并没有浪漫这种东西；确有浪漫回忆，也有对浪漫的渴求，仅仅如此。我们大多数的激情时刻只是从别处感悟到的影子，又或是我们渴望将来某一天能体会到的感觉。至少对我来说是这样。最奇怪的是，这是一种热情与冷漠的交杂。我无比期望能体验到新的感觉，但我知道并不存在新的感觉。

1888年12月，他给罗伯特·罗斯写了封感谢信，感谢他送给他一只小猫。"孩子们喜欢极了，拜神似的，一人坐在篮子一边。"叶芝在他的《自传》中写到王尔德曾邀请他去参加的一次圣诞节晚宴，认为他是孤身一人在伦敦。

> 他刚脱了平绒外套，袖口卷到肘部，开始为此刻精心打扮起来。他住在切尔西的一栋小房子里……我似乎记得有一间白色的起居室，里面有嵌在白色镶板上的惠特勒的铜版画，餐厅是纯白色的，椅子、墙壁、壁炉、地毯都是白的，只有桌子中央那块菱形桌布是红色，上面压了一尊赤陶小雕像，我想还有一盏红色灯罩的吊灯从天花板垂到雕像上方一点儿的地方……我记得自己想过他在那里的生活是多么完美和谐，有美丽的妻子，两个年幼的孩子，这一切意味着精心刻意的艺术构图……一种成功消失了：他不再是这个社交季的名人，他还没有发现自己在喜剧创作上的才

华，但我认为我是在他生活中最幸福的时刻认识他的。

1891年夏，王尔德已发表了《道连·葛雷的画像》，这时他初次遇见二十一岁的阿尔弗雷德·道格拉斯，不过他们直到次年才开始交往。1892年5月或6月，王尔德写信给罗伯特·罗斯：

> 波西一定要过来吃三明治。他就像一株水仙花——肌肤胜雪，发色如金。周三或周四晚上我会去你那里。给我回句话。波西累坏了，他躺在沙发上的样子像一束风信子，我爱慕他。

次年1月，王尔德写信给道格拉斯：

> 我的男孩，你的十四行诗写得很好，你那红玫瑰花瓣似的唇既合歌唱，又合热吻，真乃造物天成。你纤细耀眼的灵魂行走在激情与诗意之间。我知道，阿波罗疯狂爱着的海厄辛忒斯，就是古希腊时代的你。

次年3月，他与海厄辛忒斯吵架了：

> 最亲爱的男孩，你的信曾让我高兴，是我的红酒和黄酒，但我现在心情不佳，身体不适。波西，你一定不要跟我吵架，这会杀了我，会毁了生活的美好。我没法看着如此具有古希腊风范的优雅的你在盛怒中扭曲；我没法听着

你弯弯的嘴唇对我说出恶毒的话语——别这样，你伤了我的心。我宁可整天把心租出去，也不要怨恨、不公、可怕的你。

于是这成了史上最著名的同性恋关系的基调。疯狂的热吻伴随着恶毒的话语、扭曲的激情。奥斯卡的容忍和道格拉斯的坏脾气都出了名；奥斯卡对金钱的大度和道格拉斯对这种慷慨的挥霍都成了传奇。"被包养也是一种被爱的愉悦感，"理查德·埃尔曼① 在他的王尔德传记中写道：

> 王尔德在这种关系里的愉悦感或许没那么强烈。假如他喜欢被轻度欺凌，那么就可能被狠狠欺凌。但道格拉斯要求越来越多的宠爱。1894年，道格拉斯的父亲威胁截断他的经济来源，他不以为意，只依靠王尔德的慷慨大度。因为王尔德和道格拉斯都既不执行也不要求性忠诚，金钱就是他们的爱情戳印。

最后一句充满评判和定性的话，也许向我们更多地展示了埃尔曼自己，而不是王尔德和道格拉斯。这句话暗示，"因为"他们对彼此不忠，他们无法正当地相爱；暗示"因为"是这种情况，他们的爱情戳印就是某种亵渎、可鄙和错误的东西。

更大的可能是，他们的爱情戳印来自他们对彼此巨大的吸

---

① 理查德·埃尔曼（Richard Ellmann，1918—1987）：美国文学批评家与传记作家，为乔伊斯、王尔德、叶芝等爱尔兰作家写过传记。文中提到的《王尔德传》曾获普利策奖，是王尔德传记中的经典之作。

引力,来自他们对彼此的需要,来自在同性恋解放前的年代难以界定和解释却对同性恋体验至关重要的东西,也许在某种程度上,在解放后的年代也是如此。

王尔德婚后,在遇见阿尔弗雷德·道格拉斯五年前写过一封信——前文引用过的关于浪漫感觉的信——他能写出"我们大多数的激情时刻只是从别处感悟到的影子,又或是我们渴望将来某一天能体会到的感觉"。在大多数社会中,大多数同性恋者在青春期时认为,情感上的爱恋没法与肉体欲望的满足相比。对非同性恋者而言,两者合二为一才达到部分目的,是常态幸福的一面。但如果这发生在同性恋者身上,就能产生异常强大的情感力量,由此引发的爱恋大抵是强烈而持久的,哪怕肉体上的吸引力逐渐消失,哪怕这种关系对外界没有意义。奥登与切斯特·卡尔曼[①]之间的关系可以这样理解,詹姆斯·梅里尔[②]与大卫·杰克逊之间的关系也可以这样理解。这很可能就是奥斯卡·王尔德与阿尔弗雷德·道格拉斯之间的爱情戳印。

在他们初见之后的年月里,关于王尔德对道格拉斯的感情,我们有两种版本。1894年7月,他写道:

> 这太荒谬。我无法离你而活。你无人能及。我每天都想着你,想念你优雅的姿容、稚气的美貌、伶俐的言辞、

[①] 切斯特·卡尔曼(Chester Kallmann, 1921—1975):美国诗人、自由主义者,与 W.H. 奥登曾有过一段恋情。
[②] 詹姆斯·梅里尔(James Merrill, 1926—1995):美国诗人,与身为作家、艺术家的大卫·杰克逊曾相伴30年,他们在文学创作上的合作也为人熟知。艾利森·卢里曾出版关于他们的回忆录《熟悉的灵魂》(*Familiar Spirits*)。

精妙的想象力，不时出人意表，如飞燕掠空，忽而往南，忽而向北，忽而飞向太阳月亮，而最重要的，是你……没有你娇美的双足，伦敦就是荒漠一片，所有的扣眼都插上野草，除了荨麻和毒芹"别无佩戴"。

1895年4月，他从霍洛威监狱写信给莫尔·阿迪和罗伯特·罗斯："波西太好了。除了他我别的什么都不想。我昨天见了他。"一周后，他写道："只有阿尔弗雷德·道格拉斯每日来访才让我有了生气。"数周后，他写道："刚收到波西从鲁昂寄来的信。请给他拍电报，转达我的感谢。他治愈了我今日的悲愁。"5月15日，道格拉斯从巴黎写信给王尔德，"没有你，待在这个地方好没意思"，结尾是"日日夜夜思念你，遥寄我全心全意的爱。我永远是你深爱的男孩"。

1895年5月，王尔德入狱的大局已定，他给阿尔弗雷德·道格拉斯写了最后两封情书：

> 至于你，过去你给了我生命中的美，未来也是一样，假如还有未来……我这一生，没有人比你更亲爱，没有爱比这更强烈、更神圣、更美好……仅仅想到你，就足够坚强我的意志，治愈我的伤口……痛苦如果到来，是不能持久的；终有一日你我还会相遇，即便我的面容蒙上苦痛，我的身躯被孤独侵蚀，你将认出因为与你的灵魂相遇而变得更美的那个灵魂……如今在我的思念中，你是一个怀有基督之心的金发男孩。

第二封信是数天之后写的。开头是："我的孩子，今天要分开裁断。泰勒［与王尔德一起被起诉的人］可能现在正在听判决，所以我还会再来这里。"最后是：

> 我认为留下来［面对庭审］更为高贵，也更为美好。我们无法在一起。我不想被叫做懦夫或逃兵。你在高山之巅向我显现，一切美好幻化成形，这样的我，不适合假名、乔装、逃亡生涯。啊，最甜美的男孩，最爱的人，我的灵魂与你的灵魂紧密相连，我的生命就是你的生命，在这苦乐交织的世上，你是我赞慕与喜乐的理想。

五天后，王尔德因"有伤风化罪"被判两年苦役。之后将近一年没有写信。然后，从1897年1月至3月间，王尔德从雷丁监狱给道格拉斯写了一封长信，即后世所知的《自深深处》。监狱长允许每晚带走纸张，次日早晨再送回。获释后，他把信给了罗伯特·罗斯，罗斯给了道格拉斯一份抄本，但道格拉斯后来说并没有收到。王尔德死后，此信出现多种版本，但完整版直到1949年才发表。

《自深深处》的语气平静而动人；字里行间有种受伤的美，有种迫切感，仿佛头一次诉说艰难的心事。王尔德惯用的双关技巧、颠倒常理的遣词能力，不再用来诱惑受众，而是扼制自身的痛苦和悲伤。曾经满口赞谀，如今想要谴责。他受了太多的苦，已经不在乎自己的语气太过情绪化，不在乎写下来的是事实而不是艺术。"如果曾有一刻你的眼中充盈泪水，如同我们在狱中那般哭泣，白天和夜晚一样流泪。"突然王尔德写出了"浅薄是至高的恶"，这也许是此信中最令人震惊的句子。

他指责道格拉斯让他离开艺术，花他的钱，使他道德沦丧，指责他总是无事生非，苛待自己，先是故意，而后无意。他说道格拉斯纨绔，历数他种种恶习，有时还指出具体的日期、地点和细节。尽管如此，笔下仍不失流畅，节奏行云流水，考究典雅，愤慨之中又有节制：

> 假如我俩在一起为世人喜闻乐见，只有喜悦、挥霍与欢笑，我就无法回忆起这段过往的一时一瞬。但因它时时刻刻，日夜以继，充满了惨痛、愁苦、险恶的警告，乏味无趣、一成不变的场景，以及不雅的暴行，我能够看到、听见每一桩事的一丝一缕，除了这些几乎一无所见。

有些心底深处的呼喊过于悲哀，让人失笑。他回忆道格拉斯在爱尔兰有名的常去之地——布莱顿的格兰德酒店——发烧的事：

> 除了早上一小时散步，下午一小时开车，我没有离开酒店。因为你不喜欢酒店里的那些，我从伦敦给你买了特别的葡萄，想方设法让你高兴，要么陪着你，要么待在隔壁的房间，我每晚都坐在你身边，安抚你，逗乐你。

不久之后，王尔德自己病了：

> 接下来两天你弃我而去，不照顾我，什么都没做。这不是葡萄、鲜花和惊喜礼物的事，而是生活必需品的问题：我都不能拿到医生给我订的牛奶。

"当然，"他写道，"我早该抛弃你。"然而，

> 因为这份假如是错爱的深爱，因为对你性情缺陷的深切怜悯，因为我那人尽皆知的好脾气和凯尔特人的怠惰，因为对粗俗场面和丑恶话语的艺术性的厌弃……我一直屈服于你。

但他并没有回答一个《自深深处》中每一句血泪之诉的问题：他为何没有抛弃道格拉斯，离开他、葡萄和一切？王尔德的好脾气和凯尔特人的怠惰，还不用说他的怜悯和艺术性的厌弃，都不足以使他和康斯坦斯·劳埃德走下去，那又是什么令他和道格拉斯在一起？在《自深深处》中，他写到了爱：

> 你爱我远胜你爱其他人。但你跟我一样，生活中已经出现可怕的悲剧……你知道那是什么吗？就是这个。在你心里，恨始终比爱更强烈。

他为何要经历两年的重劳役才能认识到这点？他为何不早些终止理查德·埃尔曼所谓的"狂暴的激情"？在王尔德的《自

深深处》中，不敢说出自己名字的爱并不是对家庭生活的爱，也不是彼此敬重，而是黑暗时代的爱，那个时代正是埃尔曼所说的"事情半遮半掩，到处敲诈勒索、诽谤诉讼的隐秘世界"。在王尔德与道格拉斯发现彼此，在彼此身上寻到快乐的那个时代，诸多感情没有被叙述和追忆，一直藏在心底，没有被记录下来。王尔德与道格拉斯的爱，他们彼此强烈的牵绊，构成了每个决定的基础。来自他们最初相伴的那些夜晚的感情，并没有在《自深深处》中说出名字的感情，使他和道格拉斯经历了那么多背叛和厄运后仍然不可分离。

"美好的事物，"维维安在《谎言的衰落》（1890）中告诉我们，"仅是那些不让我们挂怀的东西。一样东西只要有用，或是必需，或是以任何一种方式影响我们，无论结果是痛是乐，或是强烈呼吁我们的同情，或是我们生活环境的重要组成部分，都在艺术的合理界限之外。"维维安在与西里尔（王尔德用两个儿子的名字为人物命名）的对话中，驳斥了所有当代英语小说家：

> 亨利·詹姆斯写小说如服苦役，在庸俗的动机和细微的"观点"上浪费了他精雅的文风、巧妙的遣词、敏锐尖刻的讽刺。

接着维维安褒扬了巴尔扎克："他创造生活，而不是复制生活。"后面维维安详述了这一观点，生活薄弱苍白，艺术伟大光明，故而生活反映并追随艺术。

叔本华分析过现代思想的悲观性特征，但首创者是哈姆雷特。世界悲伤，因一个木偶的忧郁。

叶芝曾质疑最后一句：

我说："你为何把'悲伤'换成了'忧郁'？"他回答说是想在句尾用上完全音，我觉得这不是借口，在我看来这种含糊对他的作品不利。

然而叶芝显然错了，这个句子无可挑剔。"悲伤"不能重复，这个词在任何情况下都比"忧郁"的含义更确切，它表示演员的忧郁使世界感知到了比忧郁更严重、更强烈的情绪。此外，"忧郁"有四个音节，"悲伤"只有一个音节①，这四音节放在句尾就有开放和暗示的意味，这个词没有收死，余韵不绝。王尔德在剧本、信件和散文中对一个句子的效应似乎常备敏锐之耳。他喜欢英文句子的音效和平衡。

他的诗歌一直有所欠缺，直到《雷丁监狱之歌》(1898) 他找到了自己的声音。他在文章中，在四个剧本（《温夫人的扇子》、《无足轻重的女人》、《理想丈夫》、《不可儿戏》) 中写下的每个字都意义斐然，准确无误。他的语言不仅使自身免遭读者讽刺，还以讽刺为己任，多多益善。他的诗歌却似乎有待被人嘲笑。尽管如此，他还是很在意这些诗作，把它们寄给一位又

---

① "忧郁"和"悲伤"对应的是英文 melancholy 和 sad。

一位编辑。1877年至1881年间，当他出版第一部诗集时，据伊恩·斯莫尔①说，他"在爱尔兰、美国、英国的刊物上发表了约四十首诗"。

正如《自深深处》的忧切语调距离《谎言的衰落》的调笑语调有万里之遥，正如前者强行打破后者建立的准则，《雷丁监狱之歌》也实践了一切他早期诗作拒斥之事。"美好的事物仅是那些不让我们挂怀的东西。"王尔德绝望地发现这句话彻底错误。他有充分理由不再关心美好事物，并需要认真严谨地对待他所挂怀的事物。《自深深处》是他最好的散文，《雷丁监狱之歌》也是他最好的诗。他的身败名裂引人深思，不仅因为其中的戏剧性，更因为这段经历之于一个艺术家的意义：如何使他放弃曾经坚信的一切并寻到一种新的语调。奥登这样写过叶芝，"疯狂的爱尔兰将你伤进了诗歌"。对王尔德来说，两年颜面扫地的服役将他伤进了一种直抒胸臆的、严肃又饱含情绪的新风格。他的语句不是羽毛，而是利箭。然而他依旧保有初入美国海关时所申报的天才②：对形式的感觉和创造妙句的才能。他知道如何掌控以前的技巧来使自身经历无法被世人忘怀。

入狱之后他没再创作剧本。作于1891年至1894年的四部最优秀的剧作，极大自由地表达意志，嬉笑怒骂，使用老套的情节人物，游弋于世间表里。错置的身份、失散的孩子、丢失

---

① 伊恩·斯莫尔（Ian Small）：王尔德的编辑。
② 1882年王尔德访问美国，海关官员问有何物需要申报，他说："我没有什么要申报的，除了我的天才。"

的珠宝、偷听到的对话,以及许多出场入场,与玩世不恭、腐化堕落、机会主义,以及大量力求轻巧而又雄辩的格言警句安放在一处。("道德只是我们对不喜欢的人所采取的态度。""丑闻是被道德搅得无趣的闲话。""如今的年轻人真是骇人听闻,他们对染发毫不尊重。")

这几部剧似乎写得不费吹灰之力,这种情况大多是不幸的:它们需要更多的打磨。《温夫人的扇子》、《无足轻重的女人》、《理想丈夫》过度依赖插科打诨,故事往往繁冗,剧情经常沉闷,情节之间的过渡显得迟缓、机械,犹如糟糕的法国闹剧。王尔德不擅长人物创作,当时他也无论如何都不会重视这点。但这并没有妨碍他仔细考量其他作家的人物。比如,《温夫人的扇子》中的欧琳太太十分贴近《一位女士的肖像》中的梅尔夫人(1911年詹姆斯评价此剧为"跑了气的香槟"[①]),再比如,《无足轻重的女人》里的赫斯特很像詹姆斯笔下众多女主人公,布拉克内尔夫人依稀仿佛是凯瑟琳·德波夫人[②],这点耐人寻味。

要知道,这些剧本是一个生活在伦敦的爱尔兰民族主义人士在帕内尔[③](死于1891年)下台后的几年内写的,当时最为恶

---

① 出自利昂·埃德尔编的《詹姆斯书信集》第四卷,亨利·詹姆斯在给伊迪丝·华顿的信中提到此剧。
② 凯瑟琳·德波夫人:奥斯丁所著《傲慢与偏见》中的人物。
③ 帕内尔(Charles Stewart Parnell, 1846—1891):爱尔兰民族主义政治家,19世纪80年代在英国下议院享有很高威望,是爱尔兰民族自治运动的领导人物,曾创立爱尔兰议会党。他的政治生涯巅峰是在80年代末的刺杀事件之后,当时英国驻爱尔兰政府有两位领导人被暗杀,幕后黑手指向帕内尔,帕内尔通过否认伪造信件澄清事实。后文的"帕内尔委员会"即为当时调查该案件的特别委员会。

毒的两股伪善——英国人的伪善和爱尔兰人的伪善——首次也是历史上唯一一次同流合污。王尔德曾支持帕内尔，19世纪80年代末这位领袖被指控涉足政治暴力时，王尔德参加过帕内尔委员会的集会。《理想丈夫》的核心是英国内阁的腐败。王尔德的最后一个剧本，也是他最出色的作品，写得更为有力而微妙。它涉及两个主题——英国和婚姻，在1894年，王尔德对此有着强烈而复杂的情绪。对他极为重要的是，这两者都应该逐渐衰亡。剧情发生在无聊又愤世的英国统治阶层，内容关于爱情和婚姻，爱情是心血来潮，婚姻只为牟利。在《不可儿戏》中，这一切昭然在目，但这份意图深埋剧中，观众无从觉察，这就是王尔德的才华。他们看到的是逗笑打趣、完美的形式、含沙射影的举动，以及精巧构织的情节发展，不会发觉埋在羽毛中的毒箭。

王尔德所有的作品——特别是剧本——的难题，是它们不得不与他最后几年的人生之戏一较高下。这些剧作中的某些台词仿佛与他的生平纠葛在一起。在《不可儿戏》中，杰克说他弟弟"表示过要葬在巴黎"，蔡牧师回应："葬在巴黎！（摇头）只怕临终的时候，他的头脑也还不太清楚。"后来，关多琳说："一旦男人荒废了家庭的责任，他一定就变得阴柔不堪。"自从王尔德遭遇此生最大的公众羞辱——据他《自深深处》中讲述，他从一个监狱被送往另一个监狱时，在一个火车站上被一群人嘲笑——巴拉克诺夫人的台词"走吧，好孩子，我们误掉的火车，没有六班，也有五班了。再误的话，就要给人在月台上说闲话了"给读者带来的联想，是王尔德从未料到的。同样，在《温夫人的扇子》和《无足轻重的女人》中，道德与宽恕的话题一再重提。在《理想丈夫》中,齐尔敦夫人说:"我知道有些人曾经做过丑事,到了紧要关头不得不付出代价时,就是再做一件丑事。"当温夫人被问到她是否认为"女人一旦犯下世人所谓的错误,就不会得到原谅",她说:"我认为她们不应得到原谅。""那么男人呢?"她被问道,"你是否认为男女的规矩应该一样?""当然!"她答道。接着又说:"如果我们有了这些'强硬稳定的规矩',就会觉得生活简单多了。"

1895年11月,亨利·詹姆斯拒绝在为王尔德的减刑请愿书上签名。据他朋友乔纳森·斯特奇斯所说,他说"请愿书对这儿的官员不起作用……这文件只能证明朋友们对奥斯卡的忠诚,而他(詹姆斯)不在此列"。理查德·埃尔曼在詹姆斯传记中写道:"不了解监狱的人是不明白司法程序的。这或许是亨利·詹姆斯唯一的理由,他曾写信给保罗·布尔热,说王尔德服重劳役是判得太重,监禁才更公平。"

王尔德临近释放时,雷丁监狱的狱长对罗伯特·罗斯说:"他看起来还行。不过就跟所有被判了这类刑又不习惯体力劳动的人一样,他会在两年内死掉。"王尔德在监狱提供的硬板床上睡不着,吃不下饭,还严重腹泻。一天有二十三小时他孤独一人,在放风的那个小时内也不被允许说话。大部分时间他没有纸张来写东西,每周能从图书馆借两本书,但图书馆没有用。他的耳朵和眼睛都出了问题。他得挑麻絮①,或是踩踏车。信件

---

① 挑麻絮:从旧绳子里挑出来纤维,主要用于木船上填缝和填塞管子接口。

和访客被严格控制。他和朋友们做过多种努力想要减刑，但他还是服满了两年刑。1895年10月，他服刑五个月时，阿彻·克里夫顿（王尔德曾想让他当自己孩子的监护人）去探视他："他骨瘦如柴。你能想象同他见面是何等痛苦之事，他的情绪也很低落，哭得很厉害，像是极度伤心，一直在说对他的惩罚是野蛮行为……他相当悲观，好几次说他觉得自己撑不到刑满释放。"

他一出狱就给《每日时报》[①]写了几封信描述狱中生涯：

> 我在狱中最后一周的星期六，大约一点钟，我在自己的号子里清洁刚用过的锡饭盒，突然监狱的平静被打破，我骇然听到最可怕最吓人的尖叫，毋宁说是嚎叫。起初我还以为是生手在监狱围墙外头宰杀公牛或母牛什么的，但很快意识到嚎叫声是从监狱地下室传来的，我知道有人倒了霉正在挨鞭子……次日……我在放风时看到这个可怜人，脸上淌着泪，表情歇斯底里，变得虚弱、丑陋、凄惨，差点认不出来……他就是活生生的怪物。其他犯人都望着他，谁都笑不出来，都明白他受了什么，都知道他会发疯——他已经疯了。

获释后他写信给几个狱友，想要帮助他们。在给一位朋友的信中，他解释说：

> 你一定理解，我极想为那些与我共渡难关的狱友略尽

[①] 《每日时报》（*Daily Chronicle*）：英国报纸，发行于1872年—1930年间，后与《每日新闻》合并成为《新闻时报》。

绵薄之力。我以前不把年轻人放在眼里，曾经要了一个男孩，"热烈地"爱他，又始乱终弃。这是我对往事的悔恨。如今我想，假如能真正帮到别人，尽管微薄，也能稍有弥补。

1898年3月，在他出狱不到一年时，社会开始讨论监狱体制的改革——这场改革在当年得以实施——他再次致信《每日时报》：

> 在英国监狱中，有三种合法的永久性惩罚。一、饥饿。二、失眠。三、疾病……每个囚徒都日夜遭受饥饿的折磨……食物——大多时候是稀粥、烤坏的面包、板油和水——造成的后果是不停地腹泻……要说失眠的惩罚，只存在于中国和英国囚犯当中。中国是把囚犯关在小竹笼里，英国用的是木板床。木板床的目的就是制造失眠。没有其他目的，而此法屡试不爽……被剥夺了书籍和人际交往，远离一切人道和文明的力量，被处以永恒的沉默，失去与外界的交流，被等同非智动物对待，比野兽还惨，被关在英国监狱里的倒霉蛋几乎逃不出发疯的结局。

获释后那几个月内，王尔德很难让周围人相信他已经被这番经历压垮了。6月，获释三个月后，他写信给弗兰克·哈里斯：

> 你必须意识到，两年的铁窗监禁，两年的彻底沉默，对我这样有思想力量的人意味着什么……他［囚徒］出来

后，发觉自己还在继续受罪。他的惩罚在其效力所及之处，在身体和智识上持续不绝，正如在社会上持续不绝。

1898年2月，他再度写信给哈里斯，之前哈里斯建议他写一部新戏：

> 说到喜剧……我已经失去了生活和艺术的动力，失去了生活乐趣，这很要命。我有开心的时候，也有激烈的情绪，但生活乐趣没了。我掉下去了，太平间正张开大嘴等着我。

"强大的创造力舍我而去，"1897年8月他致信另一位朋友。一年后，他写信给罗斯：

> 我觉得自己不该再写。我心里有些东西被杀死了。我没了写作欲望。我感觉不到力量。当然，我在监狱里的第一年摧毁了我的身体和灵魂。

出狱后，他去了法国，写了《雷丁监狱之歌》，试着与他最爱的俩人相处——康斯坦斯和阿尔弗雷德·道格拉斯——他们也试着跟他相处。在《自深深处》中，王尔德写到自己在狱中时母亲过世：

> 我永远令这姓氏蒙羞。我让它成为低俗人当中的低俗

笑柄……我的妻子当时对我一片柔情，为了不让我从冷漠和陌生的嘴唇中听到这消息，抱病从热内瓦远道来到伦敦，亲口告诉我这一不可挽回、无法补救的噩耗……你［道格拉斯］却高高在上，什么消息都没传给我，也没写信。

王尔德入狱后不久即宣告破产，他的财产被出售，包括剧本的版权。他母亲葬在贫民墓地里。康斯坦斯离开英国，改姓霍兰德。在王尔德人生舞台上所有重要角色的大量通信中，1895年4月康斯坦斯写给算命人的一封短信，也许最为痛切：

亲爱的罗宾逊太太，我的丈夫如此背叛、欺骗我，毁了我爱子的生活，他会有什么结局？你能告诉我吗？你对我说过，在这一可怕的震荡之后，我的生活会轻松起来，但还会有快乐吗？是不是已经没有快乐可言？我所得到的如此之少。我的手刚触及生活，生活就片片粉碎了。

康斯坦斯有钱，罗伯特·罗斯与她商量好，让她给王尔德一份补助。此事的细节给王尔德狱中的最后日子带来许多痛苦。简短地说，他认为金额不够，附加条件太多。其中一项是如果他再制造丑闻，或是与不体面的人在一起，比如回到道格拉斯身边，那么她可以随时收回这份补助。而道格拉斯自认为他受的苦不比王尔德少，想回到他身边。1897年6月4日，王尔德从贝内瓦海滨的德·拉·普拉格酒店写信给他："别以为我不爱你。我比任何人都爱你更深。但我们一见面就注定分离。"然而，6月15日他又写信："你叫我让你星期六过来，但亲爱的甜美男孩，我已经让你到时候来了，所以我们一如既往地心有灵犀。"他建议道格拉斯使用容基耶·杜·瓦隆这个名字，而他自己用塞巴斯蒂安·梅尔莫斯。(查尔斯·马特林，《浪迹者梅尔莫斯》的作者，是王尔德的叔祖①。)两天后，他又改变主意："当然眼下我们不可能见面……再过一段时间，等英国的警报解除，等秘密成为可能，沉默变成世人的部分态度，我们也许可以再会，但现在你看，这不可能。"8月24日，王尔德致信罗伯特·罗斯："自从波西来信说他承担不起来鲁昂看我的四十法郎路费，就没再写信来了。我也没写。我被他的冷酷和想象力之匮乏深深伤害。"一周后，王尔德致信道格拉斯：

> 我亲爱的男孩，半小时前我收到你的电报，我只想说我再次创作美丽艺术的唯一希望就是与你在一起……每个人都对我回到你身边感到愤怒，但他们不懂我们……你要将我的生活从灰烬中重塑，然后我们的友谊与爱情，对世人将有另一番意义。

他和道格拉斯一起去了那不勒斯，三周后，他从那里写信给罗伯特·罗斯，解释自己的作为："如果大家反对我回到波西

---

① 塞巴斯蒂安·梅尔莫斯：《浪迹者梅尔莫斯》(Melmoth the Wanderer) 的主人公。此书是19世纪20年代的哥特小说。主人公将灵魂售予魔鬼，换得150年生命，并浪迹世界寻找替身。王尔德在法国期间使用这一化名。查尔斯·马特林 (Charles Maturin) 的外甥女是王尔德的母亲。

身边,告诉他们,他给予我爱。我在孤独和耻辱中与可憎的庸人世界搏斗了三个月,便自然转向了他。"他写了很多信为自己辩护,其中有一封写给他的出版商列昂纳德·史密瑟斯:

> [道格拉斯]聪明优雅,赏心悦目,相处起来叫人喜欢。他也曾毁了我的生活,所以我无法不爱他——这是唯一要做的事。我妻子的信来得太迟。我已空耗了四个月,只有孩子们返校她才让我去她那儿,但我要的是亲子之情。当然,这已无可挽回。但说到情感及其浪漫性,误时乃是最要命的。

在那几个月里,王尔德和道格拉斯从可互换身份的弗兰肯斯坦与魔鬼变成了罗密欧与朱丽叶。有些人想结束他们的关系,阻止他们在那不勒斯建筑爱巢,其中就有道格拉斯的母亲——她掌控儿子的经济来源,道格拉斯的父亲——他仍然无法遏制怒火,以及康斯坦斯——她相信王尔德自我牺牲是因为道格拉斯对父亲的荒唐怨恨。10月初,王尔德致信罗伯特·罗斯:

> 我正等着妻子的律师的雷霆一击。她给我写了一封可怕且愚蠢的信,说"我不准你"干这干那,"我不会允许你"等等,还有"我要求你明确保证你不会"等等。她怎么以为自己能影响、控制我的生活?她说不定还想影响、控制我的艺术……我想她现在要剥夺我每周可怜的三英镑。女人就是小家子气,康斯坦斯毫无想象力。

康斯坦斯致信她的朋友卡洛斯·布莱克：

我给奥斯卡写了封信，要求他立刻回答我的问题，有没有去过卡普里，是不是见过那个恶人。我还说他显然并不把儿子放在心上，因为我寄给他的照片还有他们寄给他的纪念品，他只字不提。我希望这么写不会显得我太无情，但这有必要。

王尔德并不悔改。11月16日，他致信罗斯：

我的存在是一出丑闻。但我不认为我继续生活下去就应该被斥为在制造丑闻。虽然我自觉确实如此。我没法独自生活，波西是我的朋友当中唯一能够且愿意陪伴我的。

两天后，康斯坦斯写信给她兄弟：

我停止了奥斯卡的补助，他和阿尔弗雷德·道格拉斯勋爵在一起了，所以过不了多久就会宣战！他在伦敦的法律界朋友没有为他辩护，至今也没表示反对，因为大家有共识，只要他回到那个人身边，他的补助就会停止。

王尔德大为恼火：

> 我没想到我刚出狱，我的妻子、我的信托人、我孩子的监护人、我少数几个朋友，还有无数的敌人，联手起来逼我继续生活在沉默和孤独之中。

当时关于他与道格拉斯关系的争论相持不下，王尔德给他的出版商写了封长信，内容是《雷丁监狱之歌》的设计和题献的措辞。王尔德说，他认为将此诗题献给R.J.M.就足够了，接着补充道：

> 阿尔弗雷德·道格拉斯认为假如我不把R.J.M.写死在雷丁监狱里，大家也许会觉得这都是虚构出来的。这个反驳很合理。

这两句话意义重大。因为这是在那些年里（甚或在任何时候）我们唯一一次看到道格拉斯不是在喊叫、抱怨、制造痛苦或被热恋。我们瞥见了王尔德和道格拉斯日常生活中的一瞬，谈论的话题是王尔德感兴趣的，也是发表过诗歌的道格拉斯有所了解的。

2月，他们分手了，王尔德住在巴黎。3月4日，康斯坦斯致信卡洛斯·布莱克：

> 奥斯卡正住在（或至少曾住过）艺术路的尼斯酒店……你知道，他曾待我和孩子们很坏，我们已经不可能共同生活……如果你见到他，告诉他我觉得《雷丁监狱之

歌》写得很好，希望这部作品在伦敦的成功能激励他继续创作。我听说他现在什么都不干只是喝酒，也听说他离开了A勋爵，以不再见他为条件从Q夫人那里拿到两百英镑。但当然了，这不一定是真的。A勋爵在巴黎吗？

康斯坦斯消息灵通。王尔德确实收了昆斯伯里夫人两百英镑，也确实在巴黎除了喝酒什么都不干。但A勋爵并不在巴黎。"我有种感觉，她［康斯坦斯］盼着我死。"王尔德致信卡洛斯·布莱克说，而康斯坦斯也给此人写信：

> 奥斯卡真可怜，他是天才演员，但我一离开他就心意坚定了。没法形容我对那个禽兽的恐惧，我只能称他为A.D.……我不希望他［奥斯卡］死，但……觉得他也许应该放过他的妻子和孩子。

不久，王尔德开始回顾他与道格拉斯在那不勒斯的事，并致信罗斯："我知道我最好不要再见他。我也不想见他。他使我满怀恐惧。"

4月，康斯坦斯过世，享年四十。王尔德致信哈里斯："我回归希望和新生活之路都终结于她的坟墓。"然而当罗伯特·罗斯去看他时，发觉"奥斯卡对此毫无感受"。王尔德对孩子们没有权利，也再未见过他们。他从康斯坦斯的地产上每年得到一百五十英镑。"他真不明白自己对妻子何其残忍。"罗伯特·罗斯在他死后写道。他又开始在巴黎与道格拉斯断断续续地见面，但约会并不顺利。

他最后三年的通信大多和钱有关,一直在等钱,写信要钱,经常缺钱。他脾气暴躁,学会了怎么诉苦。也有出色的段落,如同昨日才华重现,但多了一种怨愤:

> 我从未见过被道德感所左右的人不是无情、残酷、斤斤计较、冥顽不灵,不具备一丁点儿的人道。被称作有德之士的人只是野兽。我宁可要五十种虚伪的邪恶,也不要一种虚伪的美德。对受苦的人而言,正是虚伪的美德让这个世界过早变成地狱。

他继续着他所谓的虚伪的邪恶,1900 年 4 月,他从罗马给罗斯写信讲述与他交好的一个年轻的神学院学生:

> 我也给了他很多里拉,祝他戴上红衣主教的帽子,只要他一直好好的,不忘记我。他说他永远不会忘记我,我也觉得他不会,因为每天我都在高高的神坛背后吻他。

五天后,他透露更多情况:

> 我放弃阿尔曼多了。他聪慧优雅,是青春年少的罗马人斯波罗斯[①]。他很俊,但他不断地要衣服领带,像朝月亮

[①] 斯波罗斯:罗马皇帝尼禄宠爱的少年。

吠叫的狗一样吵着要靴子。

1900年10月，王尔德病倒。11月下旬，罗伯特·罗斯去巴黎找了位神父，给王尔德施行天主教洗礼，并举行最后的仪式。后来罗斯写道，他一直答应在王尔德临终时给他找一位神父。王尔德在酒店房间弥留之际，罗斯和雷金纳德·特纳"为了不使我们自己崩溃，销毁了一些信件"。道格拉斯去巴黎参加葬礼。他自己活到了1945年。

起初王尔德下葬在巴黎郊区巴格奥的廉价墓地，1909年他被重新安葬于拉雪兹公墓，雅各布·爱泼斯坦为他雕刻了美丽的墓碑。1918年罗伯特·罗斯过世后，骨灰也安葬在那里。1899年，王尔德曾写信告诉罗斯他去热那亚给康斯坦斯扫墓的事：

很漂亮——大理石上缠绕深色常青藤，镶嵌在精美图案中。墓地是在环抱热那亚的群山脚下的一处花园中。看到刻在墓碑上的她的名字真让人伤怀——是她的姓，我的名字自然不会提及。

1963年，"奥斯卡·王尔德之妻"被刻在了墓石上。1996年，王尔德夫人的纪念碑进了都柏林蒙特·杰罗梅公墓的家族墓地。2000年，她在肯萨绿地公墓的坟头也立了碑石。1995年，西敏寺为奥斯卡·王尔德辟了一扇彩窗。当他逝世将近百年时，都柏林和伦敦都立了他的纪念雕塑。

一个爱尔兰人在伦敦孤注一掷的行为，使得私生活变为政治。身后百年，他仍在尘世存有生动的形象。他将同性恋的悲剧演得淋漓尽致。他才思敏捷，是同代人中最出色的清谈家，极擅精炼的诙谐艺术。但他也不可信赖，厄运缠身。他是窃走数年欢愉与名利的浮士德，得到的回报则是木板床、踏车、过早身殁。他是游走在伦敦权富界沙龙的爱尔兰民族主义者和社会主义者，最终因骄纵而招惹祸端。他的信件彰显了他曾怀抱何等雄心壮志，何等骄傲自负，又何等风趣幽默，他自诩为语言之主，又如何被两年监禁野蛮地毁灭。他发明了自我创造。他的语调姿态尽显世纪之交的神采，直到这种语调姿态被迫改变。在短暂的生命中他屡次创造杰作，或思想独特，或音韵生动，或形式完满。

1947年夏，安德烈·纪德去牛津大学接受荣誉博士学位，那是在他去世前四年，荣膺诺贝尔奖之前不久。他去那里的另一个缘故，就是参观奥斯卡·王尔德在莫德林学院的房间。纪德在1895年的减刑请愿书上签过名，在王尔德出狱后，他也去法国海滨的贝内瓦拜访过他。然而王尔德在巴黎的最后数年里，纪德只见过他两回。虽然他给过王尔德钱，但王尔德潦倒不堪，结交当地牛郎的恶名仍使他尴尬不已。无论如何，纪德当时已负盛名。第一次会面，他就想坐在王尔德对面，背朝街道，以免被人瞧见。如今他踏入王尔德开始自我转型的这些房间，站在那里环视周围，屋里一支正在聚会的研究生板球队沉默下来。他没在意他们，只是伸出手指划过墙壁，什么话也没说，心里勾勒着那个无畏的身影，五十多年前，那人曾猜测过他的真实身份，并改变了他的人生。

延伸阅读：

《奥斯卡·王尔德书信全编》(*The Complete Letters of Oscar Wilde* edited by Merlin Holland and Rupert Hart-Davis, Fourth Estate)

《奥斯卡·王尔德全集第一卷：诗歌与散文中的诗歌》(*The Complete Works of Oscar Wilde: Volume I: Poems and Poems in Prose* edited by Bobby Fong and Karl Beckson, OUP)

罗杰·凯斯门特：性、谎言与《黑色日记》

杰茜·康拉德①记得他那次来访：

> 罗杰·凯斯门特爵士是个狂热的爱尔兰新教徒，他来看我们，在我们家盘桓两日。他非常英俊，有一把浓密的黑胡子，一双尖锐的躁动不安的眼睛。他的个性令我印象深刻。当时他想曝光比属刚果正在发生的某些暴行。他站在我们的客厅里，激动地谴责他所目睹的残虐行为，那时候谁又能预见他在战时的可怕命运呢？

康拉德的一个传记作者弗雷德里克·卡尔，不确定这次拜访的具体时间，但假如我们相信凯斯门特的《黑色日记》——虽然《罗杰·凯斯门特的亚马逊之旅》的编辑安格斯·米切尔认为我们不应相信——这一事件就发生在1904年1月3日，只持续了一天。

约瑟夫·康拉德第一次在刚果遇见凯斯门特是在1889年或1890年，当时凯斯门特在刚果铁道公司工作。"有大约三个星

---

① 杰茜·康拉德（Jessie Conrad）：约瑟夫·康拉德的妻子。

期，"康拉德写道：

> 他住在上刚果的比利时社区，还是马塔迪火车站的那间房间。他对自己与公司的实质关系讳莫如深，不过当时他正忙着招人。他熟悉滨海语言。我跟他去了几次短途考察，与附近村里的酋长谈判。他们的目的是为公司从马塔迪到金沙萨——还是金夏沙（马莱博湖畔的）——的车队招募搬运工。后来我进入内层去接管了"比利时王"艉明轮船，而他显然还留在岸上。

杰茜·康纳德记忆中的那次来访是有目的的。凯斯门特读过《黑暗的心》，他希望康拉德能支持他在刚果的反暴活动。"我很高兴你读了《黑暗的心》，不过那是乱写的。"康拉德写信给他。康拉德写《黑暗的心》主要凭印象，没多少坚实、详细的实证，但不管怎么说，他并不想涉身其中。他致信好友 R.B. 坎宁安·格雷厄姆 [①]：

> 他是爱尔兰新教徒，很虔诚。不过皮萨罗也是。其他方面，我向你确保他是个一目了然的人。他身上还有种西班牙征服者的劲头。我曾见过他迈进难以名状的荒野，挥

---

① R.B. 坎宁安·格雷厄姆（Robert Bontine Cunninghame Graham，1852—1936）：苏格兰政治家、作家、记者、探险家。他对同时代的许多作家、艺术家提供很大帮助，其中包括康拉德。C.T. 瓦茨曾编辑出版《康拉德与格雷厄姆的书信往来》(*Joseph Conrad's Letters to Cunninghame Graham*)。

舞着手杖当做武器，脚边跟着两条斗牛狗，帕蒂（白狗）和比蒂（斑点狗），还有一个扛着公司货物的罗安达少年。几个月后，我看到他出来了，人黑了，也瘦了，还是带着手杖、狗、罗安达少年，他泰然自若，好像只是去公园散了个步。他……后来大概被英国政府派去刚果办事。我一直觉得卡萨斯①的一星点儿灵魂住在他不屈的身体里面……我想帮他，但帮不上。我只是个写倒霉故事的倒霉小说家，还够不着那种档次的悲惨游戏……他能告诉你不少事！那些我想忘记的事，从来不知道的事。我在非洲待了多少个月，他就差不多待了多少年。

凯斯门特1916年被捕后，康拉德致信纽约的约翰·奎恩②：

> 我们从不谈国事……他是个好伙伴，但在非洲时我就认定——准确说，是个没脑子的人。我不是说他笨。我的意思是他太情绪化。激动起来就自行其是（《刚果报告》，《普特马由河》等等），这种纯粹的情绪主义毁了他。他是一个感情用事的人，真正悲剧的性格，但绝非伟大，这方面他谈不上。徒劳无益罢了。但在刚果时这点还看不出来。

---

① 卡萨斯（Bartolomé de las Casas, 1484—1566）：西班牙多明我会教士、历史学家。曾致力保护西班牙帝国治下的南北美洲印第安人，竭力控诉虐害他们的西班牙殖民者。
② 约翰·奎恩（John Quinn, 1870—1924）：爱尔兰裔美国律师，大量收藏现代艺术品和文学手稿，资助过许多现代主义文学艺术家，包括康拉德。

罗杰·凯斯门特1864年生于爱尔兰的一个新教徒小康家庭，主要在北爱尔兰长大。二十岁去非洲，在刚果从事各种商业贸易，然后去了后来成为尼日利亚的地方。之后他在英国外事处就职，1900年回刚果，当时刚果部分被比利时国王利奥波德二世直接控制。他着手调查当地报告的残虐事件，工作细致认真，由此外事处决定严肃调查刚果之事。

1906年凯斯门特开始在南美的英国外事处工作，先在桑托斯、里约热内卢，然后是亚马逊河口的帕拉。1910年他调查对亚马逊印第安人的暴行。他因工作被授予爵位。1913年他从外事处辞职时，已经成为狂热的爱尔兰民族主义者。回到爱尔兰他就当了爱尔兰志愿军①的会计。他是这场新运动闪耀夺目的珍宝：新教徒、爵士、国际知名的人道主义者、反帝国主义者。他在美国和德国为爱尔兰事业奋斗：在美国募集资金，在德国试图和战俘建立一支爱尔兰军旅。1916年的圣周五，在一番大冒险后，他从德国搭乘德国潜艇在凯里郡②海岸登陆，但应当送来的枪支弹药却没运达。他被捕后被押往伦敦，以叛国罪被起诉。他被判有罪。他的日记，尤其是《"黑色"日记》——包括1903年、1910年、1911年的日记和1911年的分类账，讲述在非洲和南美的同性恋际遇——被用于免除对他的缓刑。他被绞死。在他身后，这些日记极具争议。日记是伪造的，还是真

---

① 爱尔兰志愿军（Irish Volunteers）：1913年爱尔兰民族主义者组建的军事组织，宗旨是捍卫全爱尔兰人民的权利与自由。
② 凯里郡：爱尔兰西南部一个郡。

的？一个爱尔兰爱国人士怎可能是同性恋？这方面出版过不少著作。1996年关于凯斯门特的遗产出版了两部新作，一部认为日记是真的，另一部认为是假的。

1965年2月，凯斯门特的骨骸，或是留下来的那部分遗骸——他当初被草草葬在一口棺材里——被哈罗德·威尔逊政府送回爱尔兰。这一要求首次向拉姆齐·麦克唐纳政府提出时，约在1929年至1931年间。被拒绝后，德·瓦莱拉①向斯坦利·鲍德温和丘吉尔要求过，肖恩·勒马斯②向哈罗德·麦克米伦也要求过。在1996年春季版的《爱尔兰档案》中，戴尔德丽·麦克马洪记叙了两个政府如何讨论凯斯门特的遗骨以及凯斯门特的日记，以下信息出自这一资料：

> 恼怒的英国大臣和官员倾向于恶意揣测德·瓦莱拉对凯斯门特的关心：但事实上这一争议反映了爱尔兰人和英国人之于死亡态度的鸿沟。在爱尔兰人，这是对逝者的尊重；在英国人，这是一种令人反感的病态执念。

发掘是在天黑后的本顿威尔监狱开始的，当时大家认为，凯斯门特并没有像英国官员的资料里写的那样，和克里平博士埋在一起，而是埋在两个名叫库恩和罗宾逊的人中间。他们找到了原封不动地裹在碎布中的下颚骨、八条肋骨、几块脊椎骨、

---

① 德·瓦莱拉（Éamon de Valera，1882—1975）：爱尔兰共和党创始人，曾担任总统。
② 肖恩·勒马斯（Sean Lemass，1899—1971）：爱尔兰政治家，在1959—1966年间担任总理。

上臂骨、肩骨、一堆小骨头和颅骨，并置入棺材。这些骨骸属于一个身材高大的男人——凯斯门特很高。英国付了棺材钱。（"他们觉得应该做此表态，也乐意如此表态。"一个爱尔兰官员说。）都柏林举行了国葬。棺材下葬在格拉斯温公墓，与那些为爱尔兰事业战斗、牺牲的人葬在一起：丹尼尔·欧康奈尔，查尔斯·斯图尔特·帕内尔、帕迪·迪格南。

虽然都柏林的国家图书馆里有大量凯斯门特的文献（国家博物馆和自然历史博物馆收藏了另一些他从非洲、南美带回来的东西，包括服装和蝴蝶标本），他的日记仍然留在英国。迈克尔·柯林斯和埃蒙·达根在1921年条约协商期间曾经看过日记①。30年代早期，达根写道：

> 迈克尔·柯林斯和我在伯肯黑德勋爵的安排下看到了《凯斯门特日记》。我们读了。我不认识凯斯门特的笔迹。柯林斯认识。他说是他的笔迹。日记装订成册，分为两部分，不断地重复性反常的种种细节，写当地男孩的美貌和个性外形，特别提到了他们身体的某个部位。令人恶心。

德·瓦莱拉在任期间，关于日记的争论不时爆发，但他谨慎地没有涉足其中，他拒绝请英国政府允许他的代表去查证日记的真伪。1959年日记在巴黎和纽约出版时，一个英国官员问

---

① 爱尔兰独立战争结束后，1921年12月，英国和爱尔兰签订《英爱条约》（*Anglo-Irish Treaty*），迈克尔·柯林斯（Michael Collins）是爱尔兰方的谈判组组长，埃蒙·达根（Eamon Duggan）是谈判组成员。

爱尔兰驻伦敦大使馆的外交官，爱尔兰将对日记的发布作何反应，并说"考虑到英国如今对同性恋的态度，国内几乎没有人会认为凯斯门特的遭遇与这方面有重要关系"。这位爱尔兰外交官不得不表明，也许这里存在着爱尔兰和英国的另一道鸿沟："爱尔兰的观念变化没这么大，可能国内的情况和凯斯门特受审时并没有多大区别。"

肖恩·勒马斯1959年上任后，急于拿到日记和骨骸，爱尔兰内阁同意这些日记应当归属爱尔兰政府，英国不能留备份。但政府秘书兼总理秘书莫里斯·莫伊尼汉反对。他问，政府是打算保存、烧毁，还是出版这些日记？在他看来，爱尔兰政府不应与这些日记有所瓜葛。勒马斯最终同意他的看法。7月23日，R.A.布特勒宣布这些日记将会存放于伦敦的公众资料办公室，供学者和历史学家查阅。南爱尔兰想要凯斯门特的骨骸，因为那没有秘密，不会说话，而日记在过去和将来都极为危险，正如我们所知，英国人更适合掌管这类东西。

《黑色日记》于1959年首度披露。彼得·辛格尔顿-盖茨与莫里斯·吉罗迪亚合著的《黑色日记：罗杰·凯斯门特的生平与时代，附他的日记和公开发表的作品》由格罗夫出版社和奥林匹亚出版社分别在纽约和巴黎出版。这部书很特别，内容包含爱尔兰、刚果、亚马逊盆地普特马由河的简史、凯斯门特的生平和死亡、他的刚果报告、普特马由河报告、1903年的刚果日记，以及1910年的普特马由河日记。日记与报告对开排版，因此在左边书页上，对残暴行为的事实陈述一目了然，凯斯门特的调查报告时常透出愤慨之情，在右边书页上是晦涩的笔记、时间、钱的支出、会议记录、天气、时事、意见。1903年4月17日，他记下了赫克托·麦克唐纳爵士在巴黎自杀的事——麦克唐纳在锡兰被指控同性恋行为——并写道："理由太可悲了，是这类事件中最让人痛苦的，此事应当使国民明白，要采取更明智的治疗恶疾的方式，而不是诉以刑事犯罪。"4月19日和30日，凯斯门特又提到了赫克托·麦克唐纳自杀的事。

在同一本日记的三月份，当时凯斯门特的船在去刚果途中屡次停靠，他提到了几次阿戈什蒂纽：17½（3月13日，"阿戈什蒂纽吻了很多次"），到X（"没有刮胡子，约莫二十一二岁"），到佩佩（"十七岁，买香烟"）。1910年1月13日星期四的第一篇日记开头是"加夫列尔·拉莫——X深入到底"，结尾是"戳得很深"。下一篇只写了"威尔德米罗——二十美元"。3月2日他在圣保罗写道："呼吸，飞快猛插。激烈做爱。深入X。"3月12日他在布宜诺斯艾利斯写道："勃起极好。拉蒙至少七美元。进入X。"3月28日他在贝尔法斯特："骑得太棒——好马。超大——很多人这么说——'活儿好'。"他和爱德华时代他那个阶层的许多人一样，或至少照这些日记所说的，玩得很痛快。上述只是稍加举例。

认为日记不是伪造的人要我们相信，凯斯门特在去刚果和普特马由河的漫长旅途中写了两本日记：一本是打算公开发表的，篇幅长，细节多，也是为他后来写报告用（《白色日记》），另一本篇幅短，私密，每天不超过一百五十字（《黑色日记》）。

在我看来这很有可能。这两本日记之间还可能存在奇怪的矛盾之处：不同的姓名写法——凯斯门特不擅长姓名拼写；有些事的日期错误；一本日记里的某些事没有在另一本中提及；语气不同。在普特马由河的旅途中，凯斯门特的眼睛出了问题，他用铅笔书写，字迹歪歪扭扭，但这种情况只发生在《白色日记》里，《黑色日记》是用钢笔书写，字迹工整。或许能这样解释，写黑色日记只花几分钟，而写白色日记很累人。另一方面，假如是我参照《白色日记》伪造《黑色日记》，我也会用铅笔，并且写得歪歪扭扭。两者之间的矛盾还是说明其中并无伪造。

如果要制造这种矛盾，那得是一个极其聪明而自信的伪造者。显然，如果《黑色日记》是伪造的话，伪造者确实是个聪明绝顶的天才。因为《黑色日记》没有任何错误，没有因为伪造者明显误解了《白色日记》里的内容而错写任何一个条目。虽然有些近乎错误的前后矛盾之处，但《黑色日记》并没有弄拧观点。

巴兹尔·汤姆森是一战开始时苏格兰场①特部的负责人，专管侦查敌方间谍。在凯斯门特被捕后，他调查了他三天。汤姆森关于日记（包括《白色日记》和《黑色日记》）是如何发现的，有过五种不同的说法。在几种说法中，日记是在凯斯门特被捕后才曝光的，但在另一种说法中，汤姆森说在那之前日记就在他手中留了一段时间。凯斯门特的表亲说，在审判之前十六个月汤姆森就拿到了日记。但这一矛盾并不重要，也显然无法帮助我们判断《黑色日记》是否伪造。

伪造者为何会把凯斯门特塑造成一个爱德华时代的猎艳游

---

① 苏格兰场（Scotland Yard）：英国首都伦敦警察厅的代称。

客？在一度留于汤姆森手中的《白色日记》里有些有趣的段落，那些是不可能被伪造的——如果汤姆森是伪造者的话。凯斯门特在《白色普特马由河日记》中轻快地写到"那些男人漂亮的古铜色的肢体"，"柔情款款的眼，美丽的嘴"，这只是列举两例。伪造者看到这些无辜的记录，或许会想到如何去构陷凯斯门特。

如果这个伪造者拿到了《白色日记》，那么他或她一定知道凯斯门特每天都在什么地方，做了什么，想了什么。那么就很容易伪造《黑色日记》了。这需要耐心，因为在1903年和1910年，有好几周《黑色日记》完全没有提及性事（1911年的《黑色日记》在我看来是另一种情况，但这部分尚未发表），这或能证明日记并非伪造，因为伪造者为其黑暗目的会在每页都写上性事，这也能说明日记是伪造的，因为一个优秀的伪造者知道该如何平衡性事和其他内容。

布莱恩·英格利斯在他1973年的凯斯门特传记中，不认为日记是伪造的。"伪造说是站不住脚的，"他写道：

> 没有一个（或若干个）头脑正常的人，会在一本日记就足够的情况下，还花费如此之多的代价和麻烦来构陷一个叛国者。让伪造者来伪造其他两本日记和现金出纳（如果这些是由一个人一手伪造的）等于将自己置身于被调查的风险，因为这些内容里出现任何一个错误，就能毁了整件丑事。再说，钱从哪儿来？公务员有时也许不讲道德，但他们从来都是吝啬鬼。

在1916年夏季，这些日记，无论是白色还是黑色，无论是伪造还是真实的，都掌握在F.E.史密斯（后成为伯肯黑德勋爵）领导的凯斯门特调查组的手中。史密斯或许对凯斯门特有个人兴趣，因为他自己是统一党①的狂热支持者。审判时，起诉方给了辩护方一份《黑色日记》选录，想看看对方是否会用来作"有罪的精神病人"辩护。但这也许是史密斯使的花招，他想让日记曝光，但又不能亲自操刀。辩护方拒绝这一提议。凯斯门特被判处叛国罪并实施绞刑。

在处决之前十六天，法律顾问通过内政部向内阁呈递了两份备忘录：

> 凯斯门特的日记和分类账，密密麻麻写了很多页事情，显示他多年来都沉迷于恶劣的鸡奸行为。近年来他似乎走完了一个性堕落的轮回，从一个性变态变成了性逆转——像女人或娈童那样吸引男人和引诱男人来享用他，并从中获取满足。

第二份备忘录的结尾是："在我看来，无论从哪个角度，最好就是走法律程序，走法律程序的意思是，用这些日记来不让凯斯门特成为一个烈士。"第一份备忘录指出，并不是凯斯门特操了非洲人和亚马逊的印第安人，而是这些人操了他。当时的英国内阁应该明白这与帝国的目标不符。无论如何，他们都同

---

① 统一党（Unionist）：主张大不列颠及北爱尔兰实行统一。

意让他上绞架。

巴兹尔·汤姆森和他的同伙开始把这些日记展示给权贵。国王看到了，几位高级牧师也看到了。美国人的意见很重要，特别是在他们对处决1916年起义领袖表达了极大的震惊和愤慨之后。(此事发生在5月，凯斯门特是在8月3日被绞死的。)美国新闻记者，包括联合通讯社的代表人，都看到了日记。美国大使也看到了。反奴隶制协会看到后，向外事处呈递了一份六点备忘录，其中一点值得引用："很难想象一个像凯斯门特这样深具智慧的人会在正常情况下以这种形式记录这些严重的指控，这些随时可能会落入他的敌人手中。"虽然政府发起对凯斯门特的诋毁，但以阿瑟·柯南·道尔①为首的公共委员会要求对他缓刑。签名者包括阿诺德·本内特、G.K.切斯特顿、J.G.弗雷泽、约翰·高尔斯华绥、杰罗姆·K.杰罗姆、约翰·梅斯菲尔德、比阿特丽斯和悉尼·韦伯夫妇。萧伯纳还组织了一次赦免请愿活动，事实上，这样的活动没有他参与也是不可想象的。1937年他在《爱尔兰报》发表文章：

> 这一审判发生之时，正值西蒙德·弗洛伊德的著作将精神病变成荒诞不经的风尚。每个人都有一段无法公之于众的、只能咨询心理分析家的秘史。如果宣布说从维多利亚女王的文件中发现了一本日记，揭示她庄严堂皇的外表

---

① 阿瑟·柯南·道尔（Arthur Conan Doyle，1859—1930）：英国侦探小说作家，代表作为《福尔摩斯探案选》。

下隐藏着一个麦瑟琳娜①的白日梦，人们一定不会质疑，知识界也不会有半分意见。在这种氛围下，如阿尔弗雷德·诺伊斯和约翰·雷德蒙这样的一尘不染的人才会感到震惊，而我们其他人则会深信不疑。但我们并不将精神异常视为堕落，我们决心毫不迟疑地请求对他的赦免。

日记的影响力很大，不仅阻止了更严重的请愿赦免活动，还可能影响了内阁决定，并让凯斯门特名声扫地。八十年后的今天，这些日记令人无法相信，怎会有这样一个伪造者，花费如此之大的精力而又不出错？但另一方面，凯斯门特怎会蠢到把日记放在能被人找到的地方？要想象一个伪造者的工作场面并不难：每条日记都很短，把性事藏进这些无趣的细节中一定很有趣。然而想象一个凯斯门特写日记的场面也不难：他写下他的秘密生活，写下他需要保存在某处的私密时光，他有一种近乎想被抓住的心态，他的某种心理抵消了警惕心。

英国人曾伪造证据构陷帕内尔②，试图让他卷入恐怖主义行动。而民族主义的爱尔兰也相信他们构陷了凯斯门特：

> 他们害怕在

---

① 麦瑟琳娜（Messalina）：罗马皇帝克劳狄一世的第三任妻子。她是一位很有影响力的女性，因性生活混乱而闻名，她暗算丈夫，被发现后被处以死刑。她的故事却作为文学素材一直流传至今。
② 帕内尔（Charles Stewart Parnell，1846—1891）：爱尔兰民族主义运动领袖。1887年新闻记者伪造信件指控帕内尔包庇凤凰公园谋杀案的凶手，两年后此事得到澄清。

  时间的法院中挨打，
  便玩弄伪造的花招，
  污损他的美誉。

  叶芝在1937年写下这句诗行。如今似乎这场争论仍在继续，两个英国人对日记持有相左的观点。

  罗杰·索耶在他1910年的新版《黑白日记》的前言中写道："经过大量研究，我认为日记是完全真实的，"但另一位他未提及姓名的编者却"走向了相反的方向"并退出了这项工作。安格斯·米切尔在他《罗杰·凯斯门特的亚马逊之旅》的前言中写道，他原本是罗杰·索耶的合作者，直到他"开始严重怀疑黑色日记的真实性"。

  米切尔的书是对凯斯门特1910年《白色日记》的详注，当年凯斯门特正在普特马由河。索耶的书是对1910年《黑色日记》的详注，他之前也出过1910年《白色日记》的编注版。1910年《黑色日记》由奥林匹亚出版社于1959年出版（没有索耶的脚注和对凯斯门特手迹的誊清）。归功于都柏林国家图书馆的大量资料，在凯斯门特亚马逊河的工作方面，米切尔版比索耶版的材料要详细许多。很难理解为何索耶没有编入1911年的《黑色日记》，按米切尔的话说，"不过是一次性事大冒险"，这让传记者避开了1911年的亚马逊之旅。

  两位作者都在前言中有话要说。索耶认为《黑色日记》最好留到下个世纪再发表，届时重版将彻底解决伪造问题。"不可避免地，"他写道，"许多细节会让赞赏凯斯门特的人道主义工作的人大失所望。"米切尔认为"没有必要发表"《黑色日记》，"除非是想火上浇油"，因为《黑色日记》"毒害了凯斯门特的名誉，搅浑了南美的历史"。（显然他与索耶的分道扬镳造成了一大堆复杂的暗喻。）"也许至少，"他继续写道，"它们对同性恋团体有所贡献，或者在20世纪的同性恋文学中占有一席之地。"

并不是这两个英国人要占据道德制高点。让我们来假设《黑色日记》不是伪造的吧。从凯斯门特对刚果和普特马由河的描述中透露出来的是他对那些男人、女人、孩童的感情，他因目睹每个人的痛苦而震惊，他痛恨那些让他人受苦的人。用康拉德的话说，他是个"感情用事"的人。他爱刚果人和亚马逊的印第安人。白天他记笔记，写见闻，想方设法争取英国政府的同情，让他能够帮助他们。到了晚上（有时甚至是在白天），他想与他们欢爱，从做爱中得到极大的快乐。因为他是同性恋，他和男人做爱。有人认为他的对象们也从中得到了愉悦，可能甚至包括他付钱的那些人。另一方面，与一个体格粗大、胡子拉碴的北爱尔兰男人做爱，不一定适合每个人的口味。

此外，也许正是他的性取向，以及埃蒙·达根所说的他对"他们身体的某个部分"的极大兴趣，使他成为这样一位人道主义者，使他如此震惊。他与周围人不同，他并不视一切为理所当然。他的道德勇气，以及他缺乏——比如说康拉德的那种——狡猾，也许是因为他理解被歧视意味着什么。他是一位同性恋英雄（请索耶和米切尔见谅）。《黑色日记》应该全文发表，让每个人都能充分表达自己的偏见。我因为凯斯门特的日记而更欣赏他。我欣赏他丰厚的欲望、激情、复杂的性欲、他的直率、他的两面性、他的性能量。

然而，安格斯·米切尔说出版《黑色日记》会搅浑南美历史尤其是刚果历史，这也没错。凯斯门特的见闻是严肃而重要的事件，应该被历史铭记。在凯斯门特调查的那段时间中，刚果河和普特马由河的争议有着同一个源头：橡胶。"19世纪90年代橡胶成为车轮革新的主要材料。"米切尔写道。直到1910年，生橡胶只能从刚果河与亚马逊河的偏远地区采集，而那些地方不通公路和铁路，只能靠人力运输。（1910年后，从亚马逊地区采集的橡胶树种子开始广泛种植。）对于橡胶公司来说这不啻是黄金。凯斯门特证明了在这两个地方当地人都被奴役，饱受鞭笞和折磨，甚至被杀害，而在很多案件中英国公司和资本都有介入。他的记录清晰直白，令人信服和震惊。因为安格斯·米切尔的书里不提凯斯门特的性事，我们可以把注意力集中在这一页可耻的殖民史上，而那与眼下发生在亚马逊河盆地以及刚果河的事件也有莫大关系。

凯斯门特在1910年亚马逊河的地位很特殊。《真相》杂志上的一篇文章讲述了当地橡胶公司所涉足的暴虐事件。总部在伦敦的秘鲁亚马逊公司派遣了一支五人小组去调查这片地区的"商业前景"。外交大臣爱德华·格雷派遣当时担任巴西领事的凯斯门特代表外事处去调查这些案件。因此他受到暴虐事件主谋者的热情款待。他不得不提醒调查小组不要光顾着"商业前景"，而是注意周围发生的事。

1910年10月18日，凯斯门特看到一群运送大宗橡胶的印第安人：

> 那些小孩浑身赤裸着，那些可怜的小东西有着温柔的眼睛和长长的睫毛，有些只有五六岁，也一起来了，很多人瘦小的背上扛着三十磅或更多的货。我看到一个约莫十五岁的小伙子，说话还带着清脆的童声，背着满满一包七十五至八十磅的货。

凯斯门特开始注意到几乎他看到的每个印第安人，包括孩子，身上都有伤痕和鞭痕："一个不超过八岁的小男孩……小小的背上和腿上布满伤疤——都是被棍子和鞭子打出来的。"

> 一个高大英俊的波拉族① 年轻人——他和善的宽脸膛像是爱尔兰人——在他的左臀上有个可怕的伤口。那是被毒打后留下来的伤。有一个茶杯托那么大的一块皮肉颜色发黑，正在结疤，上面的新肉只长出来一枚硬币的大小。我给他涂了羊毛脂，给伤口盖了脱脂棉。

同一天他写道："这里需要的是一个带着绞架的行刑队，而不是植物学家和商业专家小组。"

"我不能熟视无睹，"他在日记中写道：

---

① 波拉族（Bora）：秘鲁、哥伦比亚和巴西亚马逊流域的一个土著部落，生活区域限于普特马由河与纳波河之间。

> 我们这是被邀请到了一个强盗窝里，火枪、步枪、皮鞭代替了商品，毫无底线的奴役代替了贸易，就别提背后有多少令人发指的罪行。

他的同伴对他恼怒并加以提防。当他想要烧毁一些步枪时，其他人觉得不该这么做。其中一个提到了食人者，凯斯门特愤怒地说："我在刚果河认识的几个最好的人就是食人者。"他的叙述语气越来越愤慨和痛苦：

> 啊！可怜的秘鲁人，可怜的南美印第安人！世人还以为奴隶交易已经在一个世纪前终结了！但最黑暗的奴隶贸易，在很多方面比非洲奴隶贸易更黑暗的奴役（正如我将展示的那样），已经在这里全面开展了三百年，直至曾经拥有数百万人口的种族不断缩减，残余人口倒在一家英国公司的门口，经受皮鞭、铁链、子弹、砍刀，只为了该公司的股东能得到红利。

凯斯门特在刚果河与普特马由河——他称之为"被罪恶玷污的可怕的丛林"——持续的人道主义工作使他出了名。他变得日趋反英和狂热。他的健康状况不佳。他参与1916年起义的结果是悲惨的、堂吉诃德式的，但如果其他同样堂吉诃德式的起义领袖能成为烈士，那么他应该成为更知名的烈士。在起义发生几个月后，英国人逐渐认识到处决爱尔兰民族主义者并无好处。但他们仍想绞死凯斯门特。他们绞死他后，让一个医生给他做检查，那医生说"发现了确凿的证据能证明囚犯据称已成瘾的某些行为"。数世纪以来在盎格鲁-爱尔兰的关系上，在我们所拥有的画面中，也许这一画面是最悲哀最直白的：在英国政府的命令下，一名狱医在凯斯门特被绞死后不久检查他的肛门。

我们必须知道这些日记是不是伪造的，即便此事——日记在凯斯门特的审判和处决中起到了何种作用——已毫无疑问并得到公认。安格斯·米切尔为此做了许多脚注，一些似乎对他很重要的内容并不能让我信服，但其他一些却很有趣。举个例子，《黑色日记》记录了在伊基托斯，凯斯门特是住在"世界酒店"中，但事实上他并没有住在那里。他是和大卫·卡兹住在一起，但要了解此事你得先读到凯斯门特的信件，而那位可能的伪造者并没有这些信件。在《白色日记》中，凯斯门特用"警察新闻"这个词来指称他从英国带来的关于暴行涉及者的档案，而这个词从未在《黑色日记》中使用——那位可能的伪造者或许并不明白该词的含义。在对普特马由河的主犯诺曼德的采访记录中，黑白日记彼此有着奇怪而有趣的矛盾之处，但没有一处不能被解释。《白色日记》中有一处提到圣斯威辛，那位可能的伪造者也许对此产生误解，因为在同期的《黑色日记》中对圣斯威辛的说法，用米切尔的话说，"两者都是误导的和错误的"。关于一场橡胶牌戏有一处矛盾，但这在我看来不重要。（顺便一说，安格斯·米切尔在脚注中说："这种牌戏长期受到权术家和阴谋家的喜好，因为它能在一定程度上揭示隐藏的本性。"放过我们吧，安格斯。）

但正如我之前所说,并没有低级错误,我们无法确定这些日记是否伪造。事实上,《黑色日记》中有一节重要内容没有在《白色日记》中提及。那是一个坐在步枪上的印第安人的名字和资料,这条信息《白色日记》中没有,虽然后者也提到此事。米切尔虚伪地在脚注中写道:"凯斯门特也许把这条信息记在了他某本笔记本中,伪造者拿到了笔记本,但如今我们找不到了。"那位可能的伪造者当然也许也能编造这条信息,但米切尔的脚注过于武断,显示他急切地想要证明自己的论断。

1993年9月,第四台播出了一个关于日记的纪录片,一位在内政部工作多年、名叫大卫·巴克森代尔的笔迹专家,声称"这些手写稿都是罗杰·凯斯门特的亲笔",说到日记中的篡改时,"那一类内容的笔迹都与凯斯门特先生的亲笔十分相近,没有迹象表明有他人植入任何内容"。但问题还在。比如说,为何我们手头的《黑色日记》只记录了凯斯门特的活动为人所知并有史可查的那几年?他树敌众多——特别是在普特马由河,为何他从未被当场抓现行?他是一个身材高大、满脸胡子的白人,走到哪里都受人瞩目。

安格斯·米切尔在他的脚注中两次提到一册《E.O. 马耶、M. 犹伊·卡拉南和M. 佩恩为罗杰·凯斯门特所作的无罪证明》(1994年私人印制)。在该书中,他写道:

> 两位爱尔兰研究者在过去二十年中进行了艰辛的研究……他们通过计算机分析关键词和措辞细节,认为凯斯门特的真迹的语言学指纹与《黑色日记》中的语言学指纹

完全不同。

我对此很感兴趣，因此费了一番功夫找到了《为罗杰·凯斯门特所作的无罪证明》。

我写这篇文章时，它就放在我面前。它确属私人印制，是由十八页影印的A4纸装订而成。引言部分的第二句话是："必须注意到真正写作那些日记的只有两个人，罗杰·凯斯门特和巴兹尔·汤姆森先生。"（安格斯·米切尔在他的书中写道，"巴兹尔·汤姆森先生既有动机也有能力来伪造日记"，并在脚注中补充说，"1925年他因有伤风化罪而被解职。"）私人印制的《为罗杰·凯斯门特所作的无罪证明》的作者们写道，汤姆森是个"道德败坏的性变态惯犯。他因严重有伤风化罪被关进伦敦的海德公园"。

他们指出，凯斯门特是一个善良的基督教徒，也是一个善良的天主教徒：

> 他带着《效法基督》行走世界。在被处决的那天早晨，他被准许进入天主教堂，他谦卑地脱下鞋子，走到圣坛前去领受最后一次圣餐，之后不久他就获得了永恒。

他们还写到凯斯门特处决一周年时的群众集会："对这些基督教徒来说，一个性变态的自由是变态的自由，是不可接受的。"

所以现在我们生活在我们变态的自由中。到处都是性变态。

在七十五年的"自由"之后我们仍无法摆脱他们。(但在上帝的帮助下，我们将在圣诞节摆脱他们。)这些作者分析了凯斯门特的日记，得出结论说日记是两个人写的。他们的分析细致而有趣，有一部分关于日记和凯斯门特遗产的论辩或许还将持续：

> 词频比较法很了不起。几乎令人无法置信的是，在都柏林1910年版的《白色日记》的一千一百三十五次词频中，所有典型的"凯斯门特"词都没有在涉嫌伪造的伦敦版《黑色日记》中出现。显然伪造者只是复制了凯斯门特的手迹，但除了表达凯斯门特敌人的肮脏思想外一无所长。

延伸阅读：

《罗杰·凯斯门特的日记，1910：黑色日记和白色日记》(*Roger Casement's Diaries. 1910: The Black and the White* edited by Roger Sawyer, Pimlico)

《罗杰·凯斯门特的亚马逊之旅》(*The Amazon Journal of Roger Casement*, edited by Angus Mitchell, Anaconda)

托马斯·曼：被传记者追逐的退场

他终其一生都与人保持距离。在朗诵会和音乐会上，他都注意到一个年轻人正在看着他，使他的存在能被感知和领会。之后，在他半私密的日记中，他记下这一时刻。比如说，1920年10月31日，星期日上午，当时他还在写《魔山》，他和妻子卡提娅去参加《庄严弥撒》的公开彩排，这部弥撒在二十多年后的《浮士德博士》中被提到。"我的主要印象，"他写道：

> 是一个英俊的年轻人，他有着斯拉夫人的相貌，穿着俄国式的衣服，我跟他隔着很远却建立了某种交流，因为他立刻注意到了我对他的兴趣，而且显然因此而高兴。

1933年，这本日记被他留在了慕尼黑，他曾为之担忧。1933年4月7日在卢加诺时，他在日记中写道：

> 有消息说他们在德国开始抓捕知识分子，不仅仅是犹太人，还有所有在政治上有嫌疑的和反对体制的人。要随时准备好被搜家。又担心我的旧日记。得立刻把它们转移到安全的地方。

后面又写:"他们要在《人民观察者报》①上发表节选,他们会毁了一切,也毁了我。"他们并没有阻止他继续在日记中记录见闻。1934年4月23日星期一,他记录了与一个瑞士年轻人汉斯·拉舍特的见面。他送给汉斯一张朗诵会的入场券。"我好像在那儿有了个仰慕者,或者卡提娅是这么想的。"他写道。很容易想象他的目光,你能从照片上看到这种目光,直接、坚定、热烈,但也透着警惕和忧郁,忧郁是因为明白——正如他在日记中写的——"注视和倾慕仿佛就能实现目标"。据我们所知,他一生中仅有几次对男人做了注视之外的事。他将自己的欲望、精力、性秘密都保存起来为写作而用。在将近六十年中,他每早在书房中摘下面具,卸下戒备。从1900年的《布登勃洛克一家》到1954年的《骗子菲利克斯·克鲁尔的自白》,他的作品中浸透了这种同性情味。他的大多数主人公——汉诺·布登勃洛克、托尼奥·克律格、阿申巴赫、汉斯·卡斯托普、阿德里安·莱韦屈恩、菲利克斯·克鲁尔②——都被塑造成带有不安和模糊的同性恋性取向。

曼首先是一个德国人,正如安东尼·黑尔波特③相当奇妙地指出,他学会了:

---

① 《人民观察者报》(*Völkischer Beobachter*):1920—1945年间的德国纳粹党机关报。
② 依次是《布登勃洛克一家》、《托尼奥·克律格》、《死于威尼斯》、《魔山》、《浮士德博士》、《骗子菲利克斯·克鲁尔的自白》中的主人公。
③ 安东尼·黑尔波特(Anthony Heilbut, 1940—):美国作家,以《托马斯·曼传》而闻名。

如何把德国史解读成一部同性恋长史。他隐约提到了腓特烈大帝的同性恋性取向,并说俾斯麦是"神经质的,精神紧张的"。说到文学史时,他喜欢那些成双成对的,并用肉欲性爱来解读精神的结合。于是席勒追求过歌德,同样地他也争论过叔本华与瓦格纳并非精神伴侣。

如此一来,曼能够说明他对同性恋的关注只因为他自身的德国传统,仅限于文学方面而非个人因素。他喜欢自己中产阶级家长的身份,喜欢盖房子——他一共盖过四幢房子,喜欢庆祝生日和度假。早在他在慕尼黑遇到卡提娅之前,他就在弗里茨·奥古斯特·冯·考尔巴赫的肖像画中见过她,画中她是皮埃瑞,她的四个兄弟是皮埃罗①。"年轻的托马斯,"卡提娅在她的《未曾写下的记忆》中写道:

> 画那幅画时,他十四岁(我六岁),还住在吕贝克。他和很多人一样,都看到了杂志上的那幅画。他非常喜欢这幅画,把它剪下来塞在桌板下……我不知道他对我的兴趣是否与他少年时期看到的这幅画有关。我从未问过他。

在他遇见她之前,他曾想象过她。她也写到他用那种慕尼

---

① 皮埃罗是意大利17世纪晚期兴起的一种即兴剧中的固定角色,是一个总是求爱而不得的悲伤的小丑型人物,皮埃瑞是女版的皮埃罗。在后世的肖像画中,皮埃罗的主题甚为流行。

黑音乐会上的目光观察过她（"他已经在远处观察我了……他总是看着我"），当时他是年轻的小说家，她是门第显赫的犹太富豪家的女儿——她的祖母是当时德国女权主义的领袖，马勒是她家的常客。

托马斯·曼身兼两种性格，他既是《布登勃洛克一家》里的汉诺，有梦想，有天赋，对家庭无所贡献，也是他的参议员父亲，务实，保守，毫无幽默感。在他的小说中，他展示了这种对立的戏剧性。他结合了母亲的巴西血统和父亲的汉萨同盟传统：曼家族的精明、刚毅、冷淡的北方性格，与达·席尔瓦·布鲁恩斯家族的浪漫的南方性格。（这种强大的结合给予他和他哥哥海因里希天赋，却给予他的两个妹妹尤利娅和卡拉不安和自我毁灭，她俩都自杀了，卡拉 1910 年自杀，尤利娅 1927 年，还有曼的两个儿子克劳斯和米夏埃尔后来也自杀了。）"年纪还很小时，"卡提娅·曼这样写她的婆婆：

> 这个外国姑娘嫁给了参议员或执政官海因里希·曼。她的艺术天赋很高，能一边弹奏美妙的钢琴曲，一边唱歌。我的丈夫从他母亲那儿学到了德国艺术歌的全部作品。她边弹边唱时，他被允许像小汉诺一样在场倾听。

在她三个孩子埃莉卡、戈洛、米夏埃尔的帮助下，卡提娅·曼的《未曾写下的记忆》在托马斯·曼死后二十年出版，当时卡提娅九十多岁。此书以自然流畅的笔法，写得极为坦诚而深刻，搭配曼的日记一起阅读，我们能够得知曼的一切。1996

年，出版了三部曼的英文传记，每部都有《布登勃洛克一家》那么长：罗纳德·海曼的《托马斯·曼传》、唐纳德·普拉特的《托马斯·曼生平》、安东尼·黑尔波特的《托马斯·曼：爱神与文学》。罗纳德·海曼和唐纳德·普拉特的传记与安东尼·黑尔波特的相比，就像是罗生克兰和盖登思邓之于哈姆雷特①。它们无趣但或许有用，它们重复着同样的素材和同样的叙述。它们想把曼塑造成一个更好的人的企图近乎滑稽。黑尔波特显然去过威登堡，他对曼的作品颇有洞见，他能写出一种滑稽的性情，也能尽情地大段表述曼的性取向和作品：

> 因为异性婚姻无法满足他，他便处于一种具有创造力的忧郁状态。展望未来五十年，他发现爱神的生活仅在他的作品中拒绝了他。

海曼和普拉特都不喜欢曼，他们想让他成为更友善更温柔的人，少点冷漠，不要只顾自己，沉浸在写作之中。普拉特写到曼在 1939 年 9 月渡过大西洋：他"固执地坚持目标，每天早晨坐在躺椅上写《绿蒂》"。并在日记中写到自己"越来越清楚，无论在时间还是结果方面，这个已经开始并且不知后事如何的过程，是无法估量的"。普拉特在括号中补充说："这种极端的自我如一道警戒光一般在他的作品中分外瞩目。"曼已经六十四岁，他的整个世界都被毁了。他有任何一位正常作家在

---

① 罗生克兰和盖登思邓：莎士比亚戏剧《哈姆雷特》中哈姆雷特的两个童年伙伴。

危机中的反应：他想继续写作，他和其他人一样，担心战争将为他带来什么。普拉特似乎想要让他加入红十字会，把他上午的时间花在扶老妇人过马路上，而不是写《绿蒂在魏玛》。

关于曼在战后去德国的事，普拉特认为这"显示"了他的"真性情"……因为除了在《纽约时报》上发表一篇短文外，他在日记中和书信中都没有提到他随处可见的大面积战损情况……这种明显的冷漠"再次显示了他性格中的自我中心主义"。

"这些日记，"罗纳德·海曼告诉我们，"显示了曼的自我中心是没有止境的……他一直都在考虑名声、运气和完美，但他执著地让读者面对他的经历，虽然他极少不戴着面具进入他的小说。""让读者面对他的经历"是一种新说法，指的是曼每天早晨在书房干的活，但他的执著比海曼意识到的更为严重。曼的长女埃莉卡在她母亲的回忆录中说过这么一段话："《布登勃洛克一家》中的每个人物都有托马斯·曼的影子，在托马斯身上特别显著，但是克里斯蒂安和托尼身上也有，每个人物身上或多或少都有。"他完全停不下来。

"对托马斯·曼而言，什么都比不上他在世上博取声名。"海曼写道。但在那些早晨，在曼与无论自身哪方面独处的或与家人共处的时间中，他创造了很多东西，而这些只有他小说的读者才明白，传记的读者是不会明白的。

黑尔波特正相反，他喜欢曼的多面性，喜欢他的面具和自我中心主义。"在他的一生中，"他写道，"似乎有几个时期，托马斯·曼处于快要坦白一切的边缘，他一直以来的庄重做派使他不能把事情直接说出来，但他留下了线索。"他理解曼在公众场合与私生活之间的矛盾，也对此很感兴趣。他津津有味地探索曼留下的线索，并发掘了一大堆海曼和普拉特都没有发现的线索。因为他的兴趣主要集中在性取向与作品上，有些重要的方面——如曼的政治生涯，以及他的家族命运，在其他两本书中写得更好，虽然也写得很艰涩。黑尔波特激情洋溢地为曼对犹太性的态度写了一篇辩护文。曼明白犹太人的想象力是德国不可或缺的存在。因此他将大屠杀不仅视为犹太人的悲剧，也是德国人的悲剧。

作为一名小说家，曼很幸运，因为他父亲在他十六岁时过世，母亲在他四十岁时过世。遗嘱上的条款是带有惩罚性的。"地产，"海曼写道：

> 将被遗嘱执行人掌控，他们得到的指示是在一年内清算公司，出售船只和一切货物，还有房子和家具。这就像是老曼想要和清算产业一样清算家族。

他的母亲并不掌控资产，她必须每年四次向一个叫奥古斯特·列文库恩（有趣的名字）的法官汇报抚养孩子的情况。托马斯·曼在他任何自传性作品和小说中都没有提及这份遗嘱。但因为这份遗嘱，一家人搬到了比吕贝克大十倍的慕尼黑，于是托马斯·曼的童年时光和家族传统都成了一去不返的历史，消失得毫无踪迹。他的母亲并不管束他，海因里希成了作家。而这个结局已经注定的世界——他的家族在吕贝克的兴衰——只能在文字中重生了。事实上，《布登勃洛克一家》中那种特殊的自信和完整感，正是因为他处理的是那些与他切身相关同时又无法挽回之事。

他深知自己与父兄不同，他是同性恋，于是在他笔下，这两点被处理得格外有力：他无法成为吕贝克的商人，吕贝克已经像他父亲一样一去不返。他很早就知道这点。早在《托尼奥·克律格》中他就用过，小说中的父亲也是一名商人，母亲"与镇上其他妇女截然不同，因为父亲很早就将她从南方带来"。但在托尼奥那里这已经是过去时。

曼将他大部分的特殊情爱都用在了小说中。他十四岁时爱上了一个名叫阿尔明·马滕斯的同学，六十年后他形容这段记忆中的经历"纤敏的，幸福而又痛苦……即便过去了七十年风风雨雨的岁月，也不能忘怀这段经历"。他让马滕斯变成了《托尼奥·克律格》中的汉斯·汉森。数年后他的同学维尔利·廷佩成为普里比斯拉夫·希佩的原型，《魔山》中的年轻的汉斯·卡斯托普对他一见钟情。他二十五岁时与保罗·埃伦贝格有过一段"我心中最重要的经历"，保罗当时在慕尼黑艺术学院学绘画和小提琴，四十多年后他成为《浮士德博士》中的鲁迪·施韦特费格尔。

就连《死于威尼斯》中的男孩也有原型。卡提娅·曼记得在1911年春曾与托马斯、海因里希在威尼斯度假：

> 那篇小说中所有的细节，从那个墓地中的人开始，都取材于真实经历……在那儿第一天我们就在餐厅中看到那波兰人一家子，他们和我丈夫写得一模一样：女孩穿得古

板又严肃，那个大约十三岁的迷人漂亮的男孩穿着一件敞领的镶精美花边的水手服。他立刻吸引了我丈夫的目光。这孩子非常引人注目，我丈夫一直在沙滩上看着他和他的同伴。他并没有在威尼斯满大街地追踪他——他没那么做——但那孩子确实吸引了他，他时常想起他来……我还记得我的叔叔，枢密院官员弗里德伯格，也是莱比锡的著名教会法教授，被这篇小说激怒了："这是什么小说！一个有家室的已婚男人！"

有人会寻思，假如这位枢密院官员弗里德伯格看到了曼在1927年写给他的长子克劳斯、长女埃莉卡的信——他们也都是同性恋，当时二十岁出头——会作何感想。那时他爱上了十七岁的克劳斯·霍伊泽尔——"我叫他杜，他允许我将他拥在我的胸口"——他让他的儿子克劳斯（克劳斯见过这少年）：

> 自动退出，不要介入我的圈子。我已年老成名，为何只有你能一直犯罪……这种秘密的、几乎是沉默的人生冒险是最精妙的。

1942年，他想起自己与霍伊泽尔的关系："哎，我已活过，爱过。盈着泪水看着我的黑眼睛。我吻过的唇。"

他最后一段恋情也许是他爱得最深最伤的，并且也进入了他的小说。在卡提娅和埃莉卡都知情的情况下，他在七十五岁那年爱上了一个巴伐利亚侍者弗朗茨·韦斯特迈尔。黑尔波特

写到他曾告诉卡提娅,他想那个孩子想得没法睡觉,但黑尔波特没有写明出处。曼在日记中写道:

> 享誉世界的名声已对我无用,与他的一个笑容、一道目光和温柔的声音相比,又何足道哉……他被载入了任何文学史都不会触及的画廊,这能追溯到克劳斯·H、保罗、维尔利、阿尔明……想到这些爱人,我沉沉睡去。

他想要与这位侍者聊聊他的想往。在他们离开瑞士之前,卡提娅和埃莉卡又为他安排了一次见面。在曼于次年写成的《骗子菲利克斯·克鲁尔的自白》中,他将自己还原为一个酒店的客人凯尔马诺克勋爵(在其他版本中是斯特拉伯杰勋爵),此人想要让侍者菲利克斯·克鲁尔为他私人服务。克鲁尔拒绝了他。曼不浪费一丁点的经历,他对克劳斯·霍伊泽尔的爱成为他写那篇关于克莱斯特的文章的灵感来源,对韦斯特迈尔的注视促使他写成了米切尔朗基罗那篇文章。

自从《布登勃洛克一家》出版,曼结婚之后,他的家庭便跻身德国上流,成为德国的良心。埃莉卡和克劳斯与其他欧洲文学巨擘的家族交游,与魏德金的女儿帕梅拉交上了朋友,后来埃莉卡嫁给奥登,爱上了斯特林堡的女儿克斯廷和指挥家布鲁诺·瓦尔特,伊丽莎白与赫尔曼·布洛赫有过风流韵事,米夏埃尔与赫尔曼·黑塞的儿子交好。一战时期德国内部的分裂也反映在托马斯和海因里希之间的不和上。卡提娅写道:"托马斯有段时间相信其他国家要对德国不利的传闻，觉得它们围剿德国，让德国垮台。"她认为曼中断《魔山》的创作而写《一个非政治人物的反思》（此书写作时间是 1915 年至 1918 年），是为了回应海因里希对他的攻击，海因里希"非常倾向西方"。卡提娅说，托马斯·曼写作此书时"渐渐摆脱了影响他的那些思想"。他是一位德国民族主义者，这给了他洞察两次大战之间德国情况的奇特视角，他曾放弃他的国籍，曾在许多早晨在书房写作，在许多傍晚与卡提娅争执——卡提娅站在母亲一边，反对战争，这些都使他进一步走出他所居住的世界，事实上也是走出他所熟悉的自我。

他与卡提娅的家人相处得比与自己的家人更融洽，他的两个妹妹和母亲变得越来越古怪和难相处，他一直等到 40 年代才把卡拉、尤利娅（她另一个更知名的名字是卢拉）和他母亲写成《浮士德博士》中的伊涅丝、克拉丽莎·罗德和她们的母亲议员夫人。"在慕尼黑，"卡提娅如是说她的婆婆：

> 她的生活依然充满乐趣。她宴请各种各样的绅士⋯⋯这些绅士都无法决定应该追求女儿们还是追求她们的母亲。

卡拉曾想当演员，但在 1910 年她决定离开舞台而结婚。"可是来了一位以前的追求者，"黑尔波特写道：

> 威胁说，如果她不答应他的要求，他就把她过去的丑事都抖出来。虽然她屈服了，他还是告诉了她的未婚夫。

她决定服毒自尽,把这出闹剧变成悲剧。

十七年后,度过不幸婚姻生活的卢拉成了寡妇,穷困潦倒,上吊自杀。戈洛说他的父亲"深受打击,但并非因为他妹妹的死——他妹妹早已成为家丑,她的去世并不怎么令人痛心,而是因为——我听他对我母亲说的——这就像是一道闪电落在他身边"。

曼的日记、信件和小说中总有一种感觉,他是对他自己生活的观察者,他很早就学会了如何置身事外,假装事情是发生在其他人身上,然后把素材存起来为将来所用。他把母亲的生活和两个妹妹的自杀,以及他与保罗·埃伦贝格的友情毫不客气地用在了《浮士德博士》中。他甚至将自己表面的冷漠也用在了小说中:《浮士德博士》中丧失爱的能力的莱韦屈恩也许是曼的所有作品中最动人的形象。他到了老年喜欢上他的孙子弗里多,也就是他唯一一个异性恋儿子米夏埃尔的儿子。他是莱韦屈恩的侄子、美少年艾科的原型。关于艾科"可怕的死",黑尔波特如是写道,"比汉诺·布登勃洛克死得更惨……这惊吓到了曼的家人,而这一家已经因他写妹妹卡拉自杀的细节而震惊。"

他的妻子和六个孩子成了他的听众:他们都写过他,清楚地记得他给他们朗读新近写完的书。他们几乎没有出现在他的小说中,但在他们每个人的生平中,都有一些时刻来自曼的黑暗想象、他对性与死亡以及德国人性格和个人弱点的沉思。他公开宣称他只爱两个孩子——埃莉卡和伊丽莎白。其他孩子他并不嘉许。"我们以前像爱母亲一样地爱我们的父亲，可是在战时就变了，"戈洛在他的回忆录中写道（战时指的是一战），"他仍然可以流露慈爱，可是大多数时间我们感到的只有沉默、冷硬、紧张或者愤怒。"然而他们始终处于他严厉、冷淡和可怕的阴影之下。米夏埃尔在父亲过世前几年，曾幻想过要与他摔跤。戈洛和米夏埃尔都曾记过笔记，写了如果和父亲一起用餐，可以聊哪些话题。克劳斯十岁出头时，被父亲看到了他的裸体。"他那正在发育的美妙的身体让我印象深刻，激起我的情感。"他在日记中写道。（克劳斯则写过他梦见过父亲秘密的同性恋生活）曼知道自己不能为克劳斯树立榜样。克劳斯1949年自杀之后，埃莉卡变得更依赖她的父母，他们也更依赖她。（1926年，她嫁给了演员古斯塔夫·隆德根斯，此人是她弟弟的小说《梅菲斯特》的原型。她的外婆，即卡提娅的母亲，形容这部小说"是一个现代同性恋协会，它将会让圣灵来赐我身为高祖母的喜悦"。）曼在信件和日记中满怀怜爱地写过的伊丽莎白，嫁给了一个与她父亲同龄的学者，在芝加哥和意大利两地生活，并成为海洋法方面的专家。莫妮卡在1984年的一次电视采访中说到她不记得曾与父亲有过什么谈话。她也没读过日记。"也许是不想看他一贯以来对她的蔑视。"唐纳德·普拉特如是写道。1940年，她的船在横渡大西洋时遭到鱼雷袭击，她亲眼目睹丈夫淹死。她抵达纽约后，她的父母让埃莉卡去安慰她，他们自己不想被打扰。幼子米夏埃尔成为了小提琴家，后来成了德国文学教授。他在1976年自杀，那是在他编辑了部分父亲的日记之后，曼曾嘱咐这些日记要在他死后二十年才能开启和发表。

埃莉卡和克劳斯比他们的父亲更冲动和情绪化，他们像小孩一样害怕父亲的权威，他们在同性恋方面比父亲更有信心，他们对德国的感情比父亲更为淡薄。他们不难反对希特勒，在条件成熟的时候便与德国决裂。埃莉卡曾在反法西斯的夜总会工作。克劳斯办过一家流亡杂志。他们都觉得从1933年开始，或者在某种程度上更早的时候，对希特勒唯一有骨气的应对就是持明确的反对立场。他们对父亲的犹豫不决感到不耐烦和愤怒。他则不愿失去德国的读者和声望。他想尽可能地留住自己作为德国重要公众人物的形象，并不想移民。正如许多六十多岁的人一样，他没有足够的勇气。

回顾以往，他的沉默已经持续了太久。1933年3月，他的孩子们告诫他不要再回慕尼黑了，他们已经把家中可搬的一切都搬走了。他没有再回德国，但他也谨慎地并没有谴责这个政权。因此曼的作品并没有出现在1933年5月10日的"非德国"书焚烧仪式上，而他哥哥海因里希的书就在其中。10月，曼与克劳斯的流亡杂志《汇集》划清界限，因为它的办刊主旨是尖锐地反对纳粹政权。直到1936年1月他才公开攻击纳粹。"我终于把自己的灵魂拯救了出来，"他写道，"并表露我内心深处的信念，目前这个德国政权不会给德国和世界带来任何好处。"于是纳粹取消了他的德国国籍，收回他从波恩大学得到的荣誉学位。从那时直到他过世，他展现的都是自己心目中的真正的德国，就像歌德在《挚爱回归》中所写的："他们以为他们是德国，但我才是德国，如果它被连根拔起，那么它将在我心中长存。"

从 1939 年至 1952 年，曼生活在美国，他的小说家声誉日隆，作为德国流亡者代言人的身份也日益显著。他被白宫宴请。他在加利福尼亚盖了一栋漂亮的房子，与其他德国流亡者——勋伯格、布努诺·瓦尔特、阿多诺以及他哥哥海因里希住得很近。1943 年，他开始在加州创作《浮士德博士》。他再一次面对一个他回不去了的世界，正如他在慕尼黑写 19 世纪最后几年的吕贝克。他再一次使用他所知道的一切素材，他倾囊而出：他的家庭、两次世界大战之间的德国、他性情之中天才与人性的斗争、他对德国古典音乐的不渝之爱、战争、歌德、尼采、他对保罗·埃伦贝格的爱，以及他最钟爱的孙子弗里多。他使用过勋伯格的音乐，但勋伯格对此并不高兴，据卡提娅认为，这种不满是因为爱尔玛·马勒而起。他用了阿多诺告诉他的一切有关音乐的知识。（他犯过很多错，而勋伯格总会立刻指出）他把许多朋友和熟人都写进了书中，包括安妮特·柯尔伯①，她在书中成为长着一张"优雅的绵羊脸"的简内特·谢乌尔。从此她再也不和曼说话。"他只取走他需要的，别的都不想要，"卡提娅写道，"他曾经开玩笑说，只有出现在他书中的内容他才了解，因此不该诘问他书外的事。"

随着年龄增长，他越来越不在意他人。他在美国有个对他相助甚大的朋友阿格尼丝·B.梅耶，此人是《华盛顿邮报》的发行人凯瑟琳·格雷厄姆的母亲。曼在多封书信中对她恭维备至，却在日记中加以报复。"那个愚蠢的独裁老太婆惹我生气。"

---

① 安妮特·柯尔伯（Annette Kolb，1870—1967）：德国作家、和平主义者，1955 年获得歌德奖。

他写道,并说她是"华盛顿无可救药的歇斯底里的女人"。海曼描述过他们之间一轮典型的通信:

> 阿格尼丝·梅耶在她下一封信中提醒他不要忘了收听她即将在广播中做的发言。他按时收听了,并写信赞扬她。但她很快又写信来抱怨他没有感谢他送给他的生日礼物——她送了他一对玉袖扣。他回信说他怎会不感谢她,可能他的信被寄丢了。但他反驳了她装腔作势的怀疑,她说自己送的礼物如此贵重,足够一个人一年的生活费,而他竟如此待她。他说他可一点都不信。毕竟玉石并非十分贵重的宝石,他曾见过长款玉项链,如果两颗玉石就如此昂贵,那么玉项链就能让人倾家荡产了。但他在圣诞夜又写信说他非常感谢她为帮助他所做的一切。

战后他不想回德国。"在德国,"他写信给一位朋友,"只有两三个或者四个人是我还想见面的。其他人都让我恐惧。"他在1949年回国,当时他在美国的声名渐衰,其中一个原因是他拒绝与反共产主义以及冷战发生任何瓜葛。卡提娅与他同往,但埃莉卡不想去。当他告诉她,克劳斯不会这样寸步不让,她回答说:"所以他自杀了,而我现在不会自杀,这样稍许有些安慰吧。"他坚持在东德和西德发言。

> 我不知道什么分区。我来访问的是德国,整个儿的德国,而不是被占领区。正如我所说,如果以语言——自由

而未被占领的语言——为真正的家的自由作家都不去支持和代表德国的统一，那么谁还会这么做呢？

50年代初，曼定居瑞士，他也在该国辞世，享年八十岁。

黑尔波特的书将曼的同性恋视为他作品的核心内容，普拉特与海曼的书中也并未反驳。这三位作家都认为德国和德国文化对他极为重要。但卡提娅的《未曾写下的记忆》对曼的作品的看法，比那三部传记都更为丰富和复杂。曼最好的三部作品是《布登勃洛克一家》、《魔山》、《浮士德博士》。在这三部书中，有一种不同寻常的对地点、人物生活和习惯的痴迷。并非仅仅因为曼熟悉并喜爱那些人物地点，而是人物地点被描述的强度，让人感觉作者是怀着深沉的情感来进行构思想象的。卡提娅在多家疗养院中度过了1912年和1913年的大部分时间。"好吧，"她写道：

> 他来达沃斯看我，他的到来与汉斯·卡斯托普极为相似。他也是在达沃斯火车站下的车，我在那里与他碰面，这正如卡斯托普的表弟齐姆森所做的那样。我们上山去疗养院，在疗养院里我们也不停地走，就像那对兄弟一样……我指给他好多位我已经描述过的不同类型的人，后来他把他们写进了小说中，只是换了名字。

于是《魔山》中的情感来自他与卡提娅的关系。这部作品所描写的兄弟俩关系的大量细节，都来自她，而非来自他的同

性恋或他对德国的态度。(卡提娅在她的回忆录中偶尔提过一笔,《魔山》中的人物纳夫塔的原型是格奥尔格·卢卡奇①)

同样,在《浮士德博士》中,列文库恩隐居的地方费弗灵,被满怀爱意、浓墨重彩地描写,以及照顾列文库恩的施魏格斯蒂尔斯一家人,都取材于托马斯·曼的母亲的生活。"从奥格斯堡,"卡提娅写道:

> 我的婆婆来到这个国家,来到波灵,那里生活着施魏格哈德特一家人(我的丈夫把他们美化成《浮士德博士》中的施魏格斯蒂尔斯)。她在那儿只为了孩子和回忆而生活。

曼的传记者们都没有想到,当曼构思列文库恩的修道院房间以及周围柏拉图式的德国时,他用上了他1903年夏天去探望母亲的那个地方,因为这些素材并非被刻意使用,也许就更为有力。他把自己塑造成来访者蔡特布鲁姆,此人是列文库恩故事的讲述人,而他对整个地方氛围的描写用上了(或成为了)他对母亲生活和死亡的那些情感。"当然我也许是错的,"蔡特布鲁姆在《浮士德博士》中说,他认为这片土地让列文库恩想起了他的童年:

> 池塘、山丘、院子里高大的古木——事实上是一株榆树——下面一圈绿色的长椅,以及其他细节也许第一眼就

---

① 格奥尔格·卢卡奇(Georg Lukács, 1885—1971):匈牙利哲学家、文学批评家,西方马克思主义的创始人和奠基人。

吸引了他；也许让他睁眼并不需要梦。他当然会说无一物无来历。

除了这三部书，还有一部新的传记和一些新的日记在德国出版，也许这些足够我们看一辈子的了。卡提娅很高兴她从疗养院写给他的信没有被保存下来。"那些佚失的信中有很多情节。若是把这些信与《魔山》对照，将会对研究德国文化的人很有助益，但现在他们做不了，这也没什么关系，那些研究者已经做了太多的对照工作。"

延伸阅读：

《托马斯·曼：爱神与文学》(*Thomas Mann：Eros and Literature* by Anthony Heilbut，Macmillan)

《托马斯·曼传》(*Thomas Mann：A Biography*，by Ronald Hayman，Bloomsbury)

《托马斯·曼生平》(*Thomas Mann：A Life* by Donald Prater，Oxford)

弗朗西斯·培根：看的艺术

胡安·米罗的画室依旧保留着他离开时的模样，那是1983年他过世之时。画室是20世纪50年代中期为他所建，设计者是他的朋友约瑟夫·路易·赛特，此人也设计了巴塞罗那的米罗基金会建筑。这正是米罗所梦想的那种空间。它位于马略卡岛的外围，是一座长方形的光箱，它被悉心守护着，避开了外面地中海的荒凉和单调。建筑物外面的那位理性主义者似乎已经显旧，但内部米罗曾经工作过的地方依然美丽，有种圣地感。

开头几年，米罗觉得在一个全新的画室中很难工作。虽然他把画笔收拾得整整齐齐，却喜欢把东西散乱放置，他开始用个性物品来装填这个新空间。他的画室对访客而言，正体现了他典型的双面性，一个努力工作的加泰罗尼亚人和一个用孩童的目光来观察世界的画家。他与弗朗西斯·培根一样，也沉迷工作，经常不确定下一笔或下一点该怎么画。但与培根不同的是，他是一个布尔乔亚，他的生活安稳平静。他在巨大的画室中面对混乱，但在生活中并不是。

不过米罗与培根有许多相似之处。他们都来自一个对绘画毫无兴趣的家庭。他们都在20世纪20年代的巴黎寻找并找到了自由和灵感。他们都从毕加索那里学到了很多。他们都画过多种艺术史上的肖像，但培根比米罗成功得多。他们都创造了一种能被立刻辨认的个性图符。他们又都花费多年时间不断改进、扩大他们的创造，在自我模仿的边缘摸索和前进。他们都没有参加二战，但作品中的意象似乎都深受战争影响。在他们人生的最后三十年中，他们都只用一间画室。他们作为画家，都是自行其是的孤独者。然而在超现实主义方面的早期试水对他们都有极大帮助，即使只是让他们领略到作画的欢愉之外还有震惊、怨怒和烦扰。

他们还有一些更为有趣的相似之处。他们都不是卓有成就的画家，而这种有所欠缺的成就却成为他们的某种收获。他们必然地对绘画的肌理和语调，以及直觉的运用发生兴趣，而不是对线条和定义。他们都否认自己在作画前打草稿，虽然其实他们都这么做，米罗比培根做得更多。（他们都在印刷书上打草稿，都用词汇和语句来规划一幅画。）米罗否认自己打草稿是为了堵住超现实主义者的嘴，那些人认为在画前深思是一种背叛，对无意识力量的背叛。培根否认这点也许是因为他觉得这不重要。然而在培根身后，当他的画室拆整为零从伦敦搬到都柏林时，他打草稿的确凿证据便出现了。

在大卫·西尔维斯特的《回顾弗朗西斯·培根》中，他写道：

> 米罗终于承认了。他想出示他的草图，但培根从未这么做过。1984年，在我们第十八次也是最后一次录音采访中，我说："我想因为你即兴作画很多，以及从来不用铅笔或油料打草稿，所以你在写实主义绘画上独树一帜。"他回

答说:"我用画笔在画布上打粗略的草稿,就是画个简单的轮廓。我作画的时候一般使用很大号的画笔,立刻就画上去,然后慢慢地就画成了。"这是真话,但不是全部事实。他其实可以补充一句"但那并不意味着我不会事先打草稿"来讲述全部事实。

培根没有那么说,或许是因为那会把注意力从他真正感兴趣的地方引开,他想谈论的只是绘画行为本身、绘画的力量和奥秘、作为刻意行为的绘画与作为偶尔行为的绘画之间的冲突。有时在大卫·西尔维斯特对他的采访中,他谈到在某些作品中的偶尔行为与刻意行为,不经意的创作和想象构思。现藏于纽约现代博物馆的《描绘1946年》就是他其中一幅精炼的令人不安的作品。画上是一个脖颈粗大、牙齿外露的人,上半张脸藏在一柄黑伞的阴影之下。在黑色的背景和前景里是已宰杀的半边牲口躯体。像十字架一样挂在人背后的那具巨大的躯体呈现险恶之感。更有趣的是,地上铺着一张土耳其纹样的地毯,而背景是国内的窗帘,还垂着拉绳。我们的朋友在西装领子上插了一朵黄色的花。

这幅画无论是体力上还是心力上都一定花了极大的力气。培根在单幅作品中置入了他所知道的一切,很少有画家敢于这么做。仿佛他什么都没留给下一幅画。他耗尽了他的意象库存。

"嗯,"他对大卫·西尔维斯特说:

我在1946年作的一幅画,那幅像屠宰场的画,是我不经意间画出来的。我本想画的是一只飞落在田野上的鸟,那可能与以前的三个形象有关[指的是他的《十字架下对人物的三种研究》],但突然间我画下的那些线条预示出一些完全不同的东西,在这种预示下这幅画诞生了。我没有想过要画这样一幅画,我从来没这么构思过。这就像是一系列相继引发的偶尔事件。

他对头脑中的意象如何作画这个事很感兴趣。他一生都爱赌博,尤其喜欢玩轮盘赌。连续的好手气总是让他感到困惑,感到似乎有什么东西在指引他。他不信上帝,这点更增加了趣味性,会想到你是某种具有超验能力的非超验力量的载体。你可以带着钱离开,也可以输个精光,惨败而归。培根在画室中作画就和赌博差不多,但作画并不仅仅是偶尔机遇。准确地说:

> 我讨厌自己的画看起来像是那种不确定的抽象的印象主义画家的作品,因为我真的喜欢严密规整的画作,虽然我并不使用严密规整的画法。

他追求一种他所谓的"高度模糊的准确性"。

他感兴趣的不是心灵也不是情感,而是他所说的神经系统。他感兴趣的是从描绘——使用图像空间仅为了传递信息或视觉上的相似性——转移到他无法描述的人类感觉的领域。"因为人就是喜欢,"他告诉西尔维斯特:

行走在悬崖上，在委拉斯凯兹①的画中这极为特别，他能够如此接近我们所谓的阐释画，同时又能揭示人的感觉中最为重要和深沉的东西。

是西尔维斯特让他说出"阐释性和非阐释性形式"之间的区别：

> 我觉得区别在于阐释性形式通过智识立刻告诉你这一形式是关于什么的，而非阐释性形式首先表达感觉，然后才慢慢浮现事实。为何要这样，我们不知道。也许是因为事实本身是模糊的，形态是模糊的，所以用模糊记录法来记录形式，更接近于事实。

他的油画要求孤注一掷的冒险和全力以赴的专注力，这样才能在实在与感觉之间取得平衡。他必须清空头脑才能让他的直觉或是神经系统的末梢占据统治地位。同时他也要保持头脑敏锐，运用智识和意志力，这样就不会失去对事实的视界，不失去对作品的掌控。他要的是每一画笔都兼备赌桌上的轻与重，轻的是冲动，重的是罪恶感，以及等待结果时的恐惧和希望。

"这种事总会有意外发生。"他说。但他不确定是否应该使用"意外"这个词。他问西尔维斯特能否为之下个定义。西尔维斯特将之比作一场球赛"你抬脚射门时觉得不是你在踢球，

---

① 委拉斯凯兹（Diego Rodríguez de Silva y Velázquez, 1599—1660）：文艺复兴后期西班牙著名画家。

而是球自己在踢……而且这显然无法事先准备，没有时间，事实上也不是时间让球自行射门的。"培根对此的回答是"完全正确"。后来培根又否认了，说这只是所谓的"灵感"：

> 我不很清楚所谓的灵感是何意义。当然确实有好运这种东西，一开始就诸事顺利，后面就好像你被它推着走。

绘画、球赛和赌博之间的区别当然是评判，这是一种抽身而出进行观察并立刻明白需要做什么的能力。在每一张培根的照片中，即便是在电话亭里拍的，他都是双目炯炯有神。（"通过看而学习，"他说，"你必须做的就是看。"）当你看到他的照片，就很容易勾勒出他在画室中作画的亢奋状态，明白他在画布上画下的每一小笔形状、肌理、线条都承载着情感的力量（"每个形状都是有含义的"）。他必须抽身而出，掂量琢磨，拿准主意后再次一头扎入冒险和他所说的"不断拒绝的过程"中去。他所面对的危险是作家和作曲家都不会面对的，比如手腕的误操作，或者某个东西画得太多，这不像一首诗或者一曲弦乐四重奏可以被挽救，一旦某个变化彻底错误，整幅作品就无可挽回。作画就像拳击或打棍球。他毁了相当数量的油画，他也承认其中包括一些优秀作品。他的好运似乎并没有维持下去，他遭遇了失败。"我经常希望，"他对西尔维斯特说：

> 我有一部摄像机来拍摄作画的场面，因为在作画中，当你努力往下画时，经常会错过最佳时刻。如果有录像，

就能把那个画面找回来。所以能有一部摄像机不停拍摄作画场面就太好了。

他极度自信地运用颜料，但他的目标并非是色彩和调性。他鄙视抽象表现主义的作品，正如他鄙视米罗的作品，认为那只是设计和装帧。然而他彻底否认自己画的是世界观。他的兴趣在于创造画面而不是意义练习。

> 我只是想从我的神经系统中创作尽可能准确的图像。甚至有一半我都不知道是何含义。我什么都没有说……因为我可能比蒙克①更关心作品的审美质量。但我也不知道别的画家想说什么，除了那些平庸之辈。

他经常太过抗议或太过关注法国形式主义批评家对他作品的看法。他坚称自己的画里没有暴力。他告诉米歇尔·阿尔尚博："我一直惊讶别人讨论我作品中的暴力。我自己完全没有发现什么暴力。不明白别人为什么这么想。"他特别在意不让人从他的三联画中得到叙述性。当西尔维斯特问他十字架三联画中的人物之间有何关联时，他直截了当地说："没有。"他喜欢画头像三联画，他说是因为他能够使用警察照片的形式。他关注单个人物是因为：

---

① 蒙克（Edvard Munch, 1863—1944）：挪威表现主义画家、版画家，代表作《呐喊》。

我觉得一旦要画多个人物,你立刻就会转移到人物关系的讲故事层面。那立刻就会建立起某种叙述性。我一直希望能没有叙述性地画很多人。

他对自己作品的发言多数是有启发性、有帮助的,但也有例外。他否认他所创作的某些意象具有重要意义,也许是有充分理由的,是为了维持某种意图的纯洁性,至少在理论上如此。举个例子,他在某个人物的臂章上画了一个万字符,他坚称这纯粹是为了形式上的画面需要,与德国纳粹毫无关系。他也坚称他为某些人物画的笼子是帮助他解决画面上的形式问题,并无他意。他说他对十字架着迷,并不因为其宗教意义或毋宁说是反宗教意义,而很可能是因为"正中的耶稣肖像被提升到一个极为瞩目的孤立位置,从形式的角度而言,相较于把不同的人物置于同一层面,十字架可以挖掘更大的可能性"。

与他的朋友卢西恩·弗洛伊德[①]不同,他不用模特,也不对作画对象做许多布置。他使用照片,并从记忆中作画。他独自一人作画,画的主要是他爱的人,再加上他强烈的作画方式,他的画具有一种类宗教的氛围。(弗洛伊德的画就没有。)他笔下孤独的肖像犹如神像。他就是这么作画,他运用直觉和神经,毫无畏惧地每天从早至午,从三十多岁直至逝世,他试图捕捉自身焦虑的情感生活的线条,把私密之事画得端庄威严。这些都意味着他在画室外的生活——他的阴影生活——将是乱七八

[①] 卢西恩·弗洛伊德(Lucian Michael Freud, 1922—2011):英国画家,20世纪著名的肖像画家。

糟并富有趣味的。

20世纪90年代出版了三部弗朗西斯·培根的传记。其中一部安德鲁·辛克莱的《弗朗西斯·培根：他的生活和暴力时代》(1993)写得很差，可被视为一种不幸。另一部同一年出版的丹尼尔·法森的《弗朗西斯·培根金玉其外的生活》更糟，可说全然是乱写一气（培根和法森有交情）。第三部迈克尔·佩皮亚特的《弗朗西斯·培根大揭秘》(1996)把他的作品写得枯燥乏味，把他的私生活却写得趣味盎然，这对培根的生活和遗产提出了一些问题。这三部传记之间的共同点并非出自巧合或预谋，而是一种不得不为的叙事手法：若要为任何一个对自己的性取向毫不掩饰的同性恋者作传，都必须花费大量笔墨描述其糟乱的私生活和戏剧性的人际交往。

这三部书中相似的陈述和材料使它们犹如事无巨细的辩护。三部书都热衷于把特立独行的私生活与特立独行的作品联系起来。培根被描写成一个怪人；他的作品被描写为承载了他暴力而痛苦的童年、他的同性恋性取向、他的受虐兴趣，以及他那些坏朋友。他的生活在他们笔下成了传记者对同性恋的想象，从他父亲拒绝接受他，到他与小马倌的性行为，到他对父亲的情欲，到他在柏林和巴黎的放荡时光。他的生活也充满了奔放的逸闻、无度的酗酒，巨大的成功伴随着难以想象的悲剧。

用传记作家的话来说，培根是一个矛盾和模糊的综合体。他自私自大，宽宏大度也关心他人。他是极好的朋友，又相当粗暴。他受教育程度不高，却熟记艾略特、叶芝、莎士比亚的大量作品。他不在乎别人如何评价他的画作，但又结交法国评论家。他没有正式学过绘画，却在艺术史中占有一席之地。毫无疑问将会有更多关于他的传记问世。

这些传记都会认为大卫·西尔维斯特、米歇尔·阿尔尚博对培根的采访很有价值，值得引用。但培根在这些采访中深思敏锐、郁郁寡欢的语调，与他所谓的"金玉其外的生活"之间的鸿沟，似乎对任何一位培根的传记作家而言都是一道难题。在他生前，他拒绝了所有想要写他性格而不是作品的人。不难想象他在画室中工作六七小时后去伦敦闲逛，呼朋唤友，口无遮拦，随意指摘艺术和书籍，喝酒，花钱，辱慢他人，说他想被科洛内尔·卡扎菲鸡奸。不难想象他认为这只是他从高难度的工作中放松休闲的一种方式，只是纵情任性而已。但他在曼哈顿苏豪区、摩洛哥丹吉尔、巴黎所过的生活，让我们在欣赏他的作品时多了一种想象，正如我们欣赏卡拉瓦乔和克里斯托弗·马洛的作品那样。而培根的情况更是如此，因为他画了他的朋友、爱人并以他们命名画作：乔治·戴尔、约翰·爱德华、卢西恩·弗洛伊德、伊莎贝尔·罗斯索恩、亨丽埃塔·莫赖斯、缪里尔·贝尔彻。此外他还毫无顾忌地在自画像中直白地暴露自己的脸——特别是1979年的《三种研究》，还在照片中暴露自己的目光。"诗人之死与他的诗歌毫无瓜葛。"奥登在对叶芝的挽诗中如此写道。但对培根而言，他的生活与他的画作有很大瓜葛。

弗朗西斯·培根1909年出生于都柏林。他的父亲从事养马业，定期往返于爱尔兰和英国之间。他的母亲出身富裕家庭："她家是开弗思钢铁的，我想你应该见过这个牌子的刀具。"一战爆发后，培根举家搬到伦敦，弗朗西斯的父亲在战争办公室工作。战后他们迁到爱尔兰。培根在祖母家——阿比莱克斯镇附近的法姆莱——度过了漫长岁月，后来他父亲买下了这宅子。在后世称为爱尔兰独立战争的事件之后，他也是随祖母生活。他的祖母嫁给了基尔代尔郡的警察局长。

"法姆莱，"他对大卫·西尔维斯特说，"是一座漂亮的宅子，后面的房间都是弯弯曲曲的。我觉得别人都不知道这些事，但也许这是我经常在三联画上使用曲线背景的一个原因。"多年后他在讲给安东尼·克罗宁的一个故事中说到他在爱尔兰的一段成长经历，克罗宁如是写道：

> 是个女仆或奶妈……她长期以来在他父母不在家时照顾他。她有个当兵的男友，那人当时过来探望她。当然这对恋人想要独处。但弗朗西斯是个嫉妒而烦人的小男孩，他老是以种种理由打断他俩的缠绵。于是有一次男友来时，她把他锁进楼梯平台的橱柜里。弗朗西斯被关在漆黑的橱柜中好几个小时，他大声叫喊，但完全无用，那对快活鸳鸯听不到。

"他说他非常感激那个橱柜。"克罗宁最后说。据迈克尔·佩皮亚特所说，他也说过很感激 1918 年—1923 年间爱尔兰的恐怖暴力氛围，他还记得和他的警察局长祖父一起弃车逃跑：

探照灯把黑夜照得雪亮，呼喝声此起彼伏，叛乱者不断闹事。这俩人幸运地逃进了一栋附近的大宅子，宅子的主人持着枪反复查询他们后，才放他们进去避难。

安德鲁·辛克莱写过同样的场景"遇见猎物之时，叛乱者队伍都在狂呼大叫"。培根一生都在对采访者谈论这一时期。后来在1991年，他对《泰晤士报》的采访者说：

你要记住我出生在爱尔兰，我父亲在那里做驯马师并不成功。我长大的那段时间正是新芬党的活跃期。我们附近的房子都遭到了袭击。我一直记得父亲说："如果今晚他们来，什么都别说。"他总觉得自己会遭到袭击，在所有的树上都挂着绿、白、金的新芬党三色旗。

在独立之前，培根一家属于在爱尔兰和英国之间自由往来的族群。英国当然是家，爱尔兰只是离家暂居。如果在英国属于中产阶层，那么在爱尔兰就是上等人了。英国口音、英国气质，再加上不多的钱，就足够了。在爱尔兰你能重塑你自己（数代以来爱尔兰人都是在伦敦如此施为），尤其是在英国以不同方式碰壁之后。安东尼·特罗洛普也许是其中典范。他在二十五岁至四十二岁之间居住在爱尔兰。1841年他来到爱尔兰，在一家邮局工作，当时他是家里的失败者，从未写过只字片语。爱尔兰成就了他，漂洋过海的旅程使他变得更有气度和自信。

从格拉斯通①崛起、土地法实施，到后来帕内尔②下台，德·瓦莱拉③当政，一种特别的氛围一直笼罩着爱尔兰。显然英国人打算离开，但谁来执政并不明朗。各种势力都想乘虚而入，其中有爱尔兰议会党、新芬党、民主统一党、叶芝与格雷戈里夫人、盖尔人运动协会、盖尔语同盟、天主教会、商联运动、威廉·马丁·梅菲、暴民，以上只是部分举例。

对一种即将到来、前所未有的变化的感知，以及对领导权的无形的斗争，赋予这段时期的作品一种奇特的气质，从叶芝的诗到王尔德、萧伯纳、辛格、奥凯喜的剧作无不浸染，他们都以各自的方式想要在意见之争中发出声音，表明姿态，甚至是提出正反两方面的看法。那些年里无人能置身事外。但旁观这场争斗的人都清楚，无论谁最终获胜，有两群人是注定失败。老派的都柏林商界新教徒和南方的新教徒在爱尔兰都没有未来。

也许并非巧合，二战后数年内出现的这两位人物——萨缪尔·贝克特和弗朗西斯·培根——分别来自都柏林的商界和南方的新教徒圈，他们的作品都以多种方式描写失落与绝望，他们似乎都将人类的存在视为奇怪和带有滑稽色彩的无意义。贝克特比培根早生七年，而培根并不怎么赞赏贝克特。("他想把复杂的想法简单化，这个思路也许是好的，但是我想在他这种

---

① 格拉斯通（William Ewart Gladstone，1809—1898）：英国自由党党魁，曾担任英国首相。
② 帕内尔（Charles Stewart Parnell，1846—1891）：19世纪后期爱尔兰民族主义领袖，自治运动领导人，英国国会议员。
③ 德·瓦莱拉（Éamon De Valera，1882—1975）：爱尔兰革命者，1918年成为新芬党主席，1924年创立共和党，后促成爱尔兰独立，二战后成为共和国总统。

情况下，凡事是否首先通过了大脑。"）贝克特和培根在他们爱尔兰的成长岁月中，都旁观着自己阶层的权力逐渐失势，他们家里一直在讨论掌权者迟早被颠覆，夜里鬼叫的那些人赢了选举，再也镇压不了。还能隐隐感觉到一种负罪感，似乎周围人之前误解、误用了爱尔兰，而现在看到了后果。贝克特和培根是否真的从闲话或来访中得到了这些印象，并不重要。爱尔兰在他们成长岁月中发生之事对他们产生了潜移默化且不可忽视的影响。

当培根和贝克特开始读尼采、结交存在主义学家时，俩人都有过一段他们的法国、英国同时代人（阿尔贝·卡缪除外）所不知道的经历。这些爱尔兰的经历也许比法姆莱的曲折房间、被锁进橱柜、叛乱者的叫声对培根的影响更大。贝克特和他都是殖民梦末日的第一批受害者。他们将会没有归属感，正如他们离乡背井的英雄们也没有归属感。（三部哥特文学杰作《德拉库拉》、《西拉斯大伯》、《流浪者梅莫思》的作者也都是离乡背井的爱尔兰新教徒。）贝克特和培根似乎追求艰苦的时代背景。他们创造的扭曲的人物属于战后数年的巴黎和伦敦，属于萨特的《无处可逃》和贾科梅蒂的雕塑作品——这两位他们也都认识和欣赏——以及集中营的纪实片。然而令人钦佩的是，他们都创造出了关于无力感与暴力、寂寞和孤独的作品，比他们同时代人的作品更具典范性，也更有生命力。他们意识到自己和自己身边的人在爱尔兰叛军的勇敢新世界中没有地位，这也许是他们所能得到的最好的锻炼。

培根不是那种青少年期对镜自问"我为何不正常"的同性恋者。他似乎在农庄里度过许多愉快时光。1926年，他十六岁那年——这个故事后来被不断加油添醋——他说他父亲发现他在试穿他母亲的内衣，父亲说他忍无可忍，他的儿子必须离开。培根的母亲给他每周三英镑的生活费。他先去了伦敦，后来跟着一个大款去了柏林，住在一家奢华酒店里。（"柏林的夜生活对刚从爱尔兰来的我而言非常刺激。"）然后他去了巴黎，靠自己的机灵劲和漂亮脸蛋讨生活。他在一次次的采访中谈到1927年参观一场毕加索展的经历。"那时候，"他对大卫·西尔维斯特说，"我觉得我也可以试着画一下。"那场毕加索展有百余幅作品，内容包括小丑、裸体、风景、画室场景和舞台，其中并没有立体派的作品。培根后来认为他是在那场展览中看到了毕加索的生物形态肖像画（那是他最喜欢的毕加索作品），但事实上他是在那之后才看到的。那段时间培根也在尚蒂利城堡中看到了普桑的《屠杀无辜者》，他欣赏画作中张嘴哭叫的形象，并一直记在心中。

培根人生中随后的十三四年是一个巨大的谜团。正如贝克特一度考虑从事广告业，培根也在20世纪20年代返回伦敦时当过家具设计师。《画室》杂志在一篇题为《30年代面貌》的文章中选了他的设计作品。他曾风靡一时，他的家具设计很棒，且有收藏价值，至少没有忧虑感。保守党的R.A.布特勒和他的妻子买过几件，帕特里克·怀特买过，道格拉斯·库普也买过，库普后来不喜欢培根，但留着这件家具来嘲讽培根大画家。那些年里培根遇到两位对他影响很大的老一辈人物：澳大利亚画家、鉴赏家罗伊·德·美斯特，以及已婚的英国富豪、同性恋者艾瑞克·豪尔。德·美斯特给了他很多东西，包括绘画技艺知识。豪尔在大约十五年的时间里为他支付了一切，包括赌资和上等的饮食。

1933年，培根画了《1933年的十字架》，画中的人物十分古怪，犹如X光相片或负片上的那种暗影。赫尔伯特·瑞德把它重印在一册书中，卖给了一位重要的收藏家。此画得益于毕加索甚多。同年，培根在伦敦库克街画廊与本·尼克尔森、亨利·摩尔、米罗以及达利一起举办画展，但他并未获得很大成功。在整个30年代和战争年代（在体检前夜，他睡在一条狗旁边，这加重了他的哮喘病，他被宣布为体检不合格），培根飘忽不定，赌博酗酒，很少作画。

因此，凭他之前的作品，谁都没有想到他会在1944年画出《十字架下对人物的三种研究》，此画在1945年4月展出于新邦德街的列夫瑞画廊。约翰·罗素在他写培根的书中，有过一段对那个时代氛围的精彩描述，当时英国精神回归正轨，掺杂着些许展望的怀旧情绪主导了潮流。"一切都变好了，"罗素写道，"参观者们带着对战胜危机的感恩情怀来到列夫瑞画廊。"

"有些人，"他继续说，"很快就出去了。"五十多年后，《十字架下对人物的三种研究》（以及1988年的第二版）实在令人惊讶。虽然培根很赞赏毕加索的生物形态肖像画，但那些画与培根的三联画相比，就像是人类的好朋友。躯体基本上是野兽，但左侧肖像的耳朵和中间肖像的嘴巴完全是人的。里面有种极大的痛苦感，痛苦的承受者懂得语言，嚎叫出来的是一个词语而不是喊声，或是有着词语记忆的喊声。中画幅像是花瓶架的家具，为这种恐惧感提供了家庭场景。背景（在1944年版中是橙色的，在后一版本中是红色的）色彩绚丽，极尽奢华，使画面看起来像是梦中狂乱的景象，一个特艺彩色的地狱。

培根喜欢《荒原》，他把诗中某些意象融入画中。他也喜欢莎士比亚的《麦克白》和《李尔王》。他一生都着迷于埃斯库勒斯的《奥瑞斯提亚》，喜欢剧本中的激狂，无比的黑暗和血腥的复仇。他喜欢引用复仇三女神之首的那句台词（他明确说过他1944年的三联画是基于复仇女神的）："人类鲜血的腥味冲着我笑。"此后十年，他一直想通过画嘴巴来描绘这句台词（后来他同样也画肉体和脸）。他把自己的灵感来源说得很清楚：包括埃森斯坦《波坦金战舰》中嚎叫的育婴女佣、尚蒂利城堡所藏普桑画中的母亲形象，以及"一本有很多美丽手绘的口腔疾病图、张嘴图和口腔检查图的二手书，这些令我十分着迷"。

1985年，道恩·埃兹在泰特画廊回顾展中谈到培根的作品时，谈到了乔治·巴塔耶在《文献》杂志上发表的文章。这本杂志培根也收藏了1929年至1930年的刊期。巴塔耶写到了嘴巴，比如：

在紧要关头，人类就像野兽一样用嘴巴来表达感情，愤怒让人咬紧牙关，恐惧和遭受迫害让嘴巴变为哭泣的器官。从这幅画中很容易注意到，这个受难者伸长脖子，拼命抬起头，让嘴巴尽可能地和脊柱连成一条直线，也就是说在这种体态下它的身体构造基本与动物一致。

这段话还附有一张张嘴嘶叫的图。

在《文献》的另一期上，道恩·埃兹为有关巴塔耶的段落配了屠宰场的图片：

> 屠宰场从这种意义上起源于宗教：远古的神庙同时作为祈愿和杀戮的场所，具有两种功能。于是神话的神秘感与流淌鲜血之地的悲壮感之间诞生了一种令人不安的巧合。

无人暗示——埃兹尤其没有——培根的这些想法来自巴塔耶。也没有证据说明他读过那些文章。这仅仅表明这类想法在当时很普遍。不过巴塔耶用短短几句话加一幅图片，诠释了后来成为培根的两大兴趣之一。这也许能帮助我们理解这些兴趣的根源，但无法帮助我们理解画作，因为培根在20世纪40年代后来的作品都令人惊诧到无法用任何一种根源来解释。

培根最好的画作始终是那些年里的五六幅：《十字架下对人物的三种研究》(1944)、《画》(1946)、《人物研究一》(1945—1946)、《人物研究二》(1945—1946)、《人类身体研究》(1949)、《对委拉斯凯兹的教宗英诺森十世肖像画的研究》(1953)。他当时面对的是所有画家都面对的问题。他已经开创了切合他黑暗目的肖像画法，那么余生的一切都是对之做出种种变化。如果他在1953年就过世，那么会成为20世纪英国艺术的浪漫主义英雄，自我毁灭，不会造成危险，会成为一个在钻石般的烈火中燃烧了将近十年然后终于焚烬的古怪天才。他会符合悲剧性同性恋者的经典描述。人们或许会说他能画画，但不能够去爱，所以他死了。到1968年，《泰晤士报》想要解释培根在美国商业上和评论界的成功，但最终只能说这种成功：

> 明确说明了普罗大众已经变得多么宽容，因为培根的东西，简单说，就是病态。培根当然不会明说他所迷恋的画作主题是一种同性恋的绝望。但他争辩说他从异性恋中观察到的绝望与之相差无几。

与《泰晤士报》不同，培根并不打算简单解释这个问题。当他开始画自画像和朋友的肖像，以及他的恋人乔治·戴尔的肖像时，他意识到自己生活在一个似乎不可能画肖像画的时代。"过去的肖像画杰作，"他说，"除了有直接意象之外，总让我感觉还有间接意象。"他所追求的间接意象，喻示着死后的肉身所发生的事。如果他所画的每一张脸都展示一种人格，那么这种人格是复杂的，这张脸所隐藏的东西比表露的更多，但这张脸始终有一种坚定的、有时几乎是悲剧的尊严，以及一种强烈的肉欲。"我完全不想画稀奇古怪的东西，"他说：

> 但似乎每个人都以为这些画就是这个意思。如果我把人画得平淡，那并不是我的目的。我是想让肖像和真人一样鲜明生动……如果画中人物有绝望的表情，那就是一个现阶段绘画革新中的技术难点。如果我的人物看起来像是处于极大的困境，那是因为我无法让他们脱离技术困境。

在我看来，当今的写实画和一流杰作之间并没有什么写实画可以超越的东西。我也许不能画出那种"一流杰作"，但我想作另一番尝试，即便我不会成功，即便别人对此没有兴趣。

培根援引了许多对他的人体画有影响的有趣资料。其中包括19世纪末的摄影家伊德韦尔德·迈布里奇的人体运动摄影。他拍了几十张奔跑、打棒球、摔跤的裸体照片，这种融科学与情色于一体的方式吸引了培根。他的《两个人物》(1953)显然来自迈布里奇那张两个摔跤者的照片，但画中的俩人盖着白床单在床上交媾，并没有同性恋的绝望——请《泰晤士报》见谅，而是愉悦地交缠，腿的奇特姿势、暴露的牙齿和动物的姿态都在表达某种性快感。这些东西通常不会进入情色画或油画。"这是永恒的主题，不是吗？"培根说，"你真的不需要别的主题了，这个主题永远都不会消失。"

在他心中萦绕不去的还有米开朗基罗的男性裸体画、委拉斯凯兹的宫廷肖像画、伦勃朗的自画像、X光照片。他反复谈到伦敦国家美术馆中的一幅德加蜡笔画。"当然啦，我们是肉身，我们迟早会变成死躯，"他对大卫·西尔维斯特说：

> 每次我走进一家肉铺，我都会想为什么躺在那里的是这个动物而不是我。不过用那种特殊方式使用肉身，或许就像是我们使用脊柱，因为我们总是从X光照片上看到人体影像，这当然会改变使用身体的方式。你一定知道国家

美术馆里那幅美丽的德加蜡笔画，上面是一个用海绵擦背的女子。你会看到在脊柱的顶部，脊椎骨几乎要刺破皮肤。从中产生的那种紧张扭曲感，让你越发意识到身体其他部分的脆弱性，如果他把脊柱画成自然弯曲到颈部，就没这种效果了。他打断了脊柱，让它看起来像要刺破肉身。

米歇尔·阿尔尚博在对培根的采访集中，问了培根这个问题："在我认识你的这几年内，我总有一种印象，你是一个孤独的人，这不仅仅是在你的作品中——你坚持自己的道路，回避时尚与潮流——在你的生活中也是如此。你是否一直有独处的需求，你是否寻求孤独？"培根的回答是：

> 我确实是。我感觉像是大半辈子都独自过的，但其实这要看情况。我在作画时不想见任何人。所以我画室的门铃是坏的。有人按门铃，我也听不到。我工作时不想被人打扰。可能唯一的例外是我认真地谈恋爱时，但那是特殊情况，特别是年纪大了以后。

虽然培根是孤独的，但终其一生他认真谈过数次恋爱，这些对他作品的研究者而言都是极为重要的素材。自他开始画家生涯后，他的最重要的三个欲望对象是彼得·拉西——培根在1962年首次举行泰特回顾展的次日上午收到他的死亡消息，乔治·戴尔——他死于培根1971年巴黎大皇宫展的前夜，那是他事业中最为成功的公共展览，以及约翰·爱德华——他继承了培根的房产。

然而,"与我的工作相比,一切都是次要的。"培根说。他的情事,他的友谊和饮酒,对他而言,大多时候只是陪衬。也许很容易得出结论,说他的人生只是绘画,但事实并不如此。当他对阿尔尚博说"我的许多朋友过世了。我这方面不太走运。许多我爱的人都过世了",他的语气中有一种极度抑郁和遗憾。拉西和戴尔都曾是他狂饮作乐的酒友,他们常年如此,直至这导致他们的死亡。

有一幅令人吃惊的画《坦吉尔—马拉巴特的风景》(1963)画下了彼得·拉西的埋身之地。这是一幅生动的笔刷画,看起来像是受到核辐射,或者遭受了猛烈的暴风雨。和培根的肖像画一样,没有画任何背景,仿佛这幅画是一个玻璃箱,风景是装在里面的标本。这显然是一幅风景画,画面上有草地,或灌木丛,有一棵树,还有黄色的沙地。地平线上黑色的天空,仿佛景色本身被锐利的光照亮。在画面的核心部位,有些充满了神秘力量的东西在发生作用,黑色的部分就像黑色沙尘暴冲天而起,还有几处同样的漩涡像是树,草地和沙地之间是一块黑色的涂抹。即便你得知拉西的遗体被埋在这里,滋养着这片土地的他的灵魂或遗骸已经从这里消失,还是不能解释这幅画中特殊的氛围,但可以加深这种氛围,帮助我们理解为何培根在落下这些狂乱的笔触时,他的神经系统为何如此粗粝,也帮助我们理解为何我们对这幅画的反应如此强烈。"与我的工作相比,一切都是次要的。"他也许说的是真话,但从他的作品中可知,爱、悲哀,以及欲望时常占据重心。也许他许多作品如此有力的原因，正是这场在他自身的冷漠、决断、抱负与他生活中的种种之间展开的战斗。有时赢得这场战斗的是他认为自己无法承受的程度不一的情感。"虽然不用驱魔，"他说：

> 因为人们说你忘了死亡，但是你并没有……时间并不治愈。但你全神贯注于某事，就是一种沉迷，也是你以躯体动作工作时对这种沉迷的投入。

拉西死后，培根把他的脸画在一幅三联画的左右两侧，把自己的脸画在中间。戴尔死后，培根一再地画他的脸和身体。"乔治身上有种纯真，"丹尼尔·法森写道，"他的美好令人心动，但他的无助让他变得危险。"安德鲁·辛克莱写道："戴尔有种粗犷的魅力，性情随和，但他不聪明，经常被嘲笑，就连培根也笑他。""他身材健美，气质阳刚，"迈克尔·佩皮亚特写道，"五官端正，小平头，整洁的白衬衫，一丝不苟的暗色领带，西装是最保守的那种商务款。"如果他没有遇见培根，佩皮亚特写道："乔治·戴尔也许会继续过着他沉闷低调的人生。"在这个故事的所有版本中，特别是根据法森的传记翻拍的电影《爱是恶魔》中，极少人认可培根和戴尔彼此适合，彼此爱慕，曾经共度幸福时光。因为培根不愿扮演悲剧女王，这个角色只好由戴尔来扮演。当然了，传记作家们总是乐意告诉我们，戴尔令人感到尴尬。法森写道"罗伯特·塞恩斯伯里说他'特别恶心'，有一次弗朗西斯带他去罗伯特家吃饭，坐在他身边真是糟糕透顶"。所有人都重复着相同的轶闻：在纽约一度想自杀，与培根的朋友不和,疯狂酗酒,在一次毒品指控案件上想让培根被捕,以及他在巴黎的死亡。

传记作品有个问题,它们牺牲了平常和真实,追求趣味性和戏剧性。"其他时候,当他沉静下来时,他能够非常温柔迷人,"培根如是评价戴尔,"他喜欢孩子和动物。我觉得他人比我更好,更有同情心。"从培根的画作——如果不是从那些传记——显而易见,培根喜欢戴尔的阳刚和雄健气质。他爱他的脸、背部的肌肉、双腿的线条,也爱他的性感气息。他怀着满腔柔情和怜爱画着他。他从乔治·戴尔身上捕捉到了约翰·罗素所说的"蜷曲的力量"。相较于传记作家,罗素更是个批评家,因此无巧不巧,他也许是最接近真相的那位:

> 对一些培根的仰慕者而言,乔治是一根眼中钉,他侵犯了"他们的"培根所属的高层文化圈……但那些高等人并不明白,培根1966年的杰作正是在那段时间构思而成的。这些极为出色的意象之前并没有在他的作品中出现过,之后也再未出现。1967年至1968年间创作的另几幅重要作品给人一种感觉(但迄今并未被人讨论),那是他与乔治·戴尔的家居生活。《男性背部的三种研究》(1970)里的那种强盛的力量,一定来自他与另一个人尽情享受的时光……正如在其他许多出乎意料但持久的交往中,这段关系也有着种种大起大落。乔治·戴尔将会在这张英国面孔的肖像画中获得永生。

1971年10月，戴尔陪同培根去巴黎参加巴黎大皇宫展的开幕式。在预展的前夜，他死于他们住宿的酒店，可能是自杀。他坐在马桶上死去。"有一件事很可怕，"培根说，"所谓的爱——当然我想是针对艺术家而言——正是毁灭。"在之后的八九年，但最集中的是最初的两三年，培根画了很多戴尔。他不用戴尔站在面前就能构思他，他向来喜欢从照片和记忆中构思作品。他的心思回到了当时的各种场景上，那次死亡事件、酒店的楼梯、酒店的房间、洗手间的马桶。

至为悲伤阴郁的是那幅《1973年5月至6月的三联画》。戴尔被画在每一幅画中的门口。前景的颜色平淡，几乎可说是无色。门后的背景是黑色的。门两侧的墙壁是一种泛红的色彩。左右两侧的画中都有一个电灯开关，中间画的人像上方悬着一个光秃秃的电灯泡。这幅三联画画的是乔治·戴尔之死。在左侧的画中，他正在朝洗手盆中呕吐。他紧闭双眼，在承受某种痛苦，他所有的力量都在那儿，背部和上臂的肌肉被画得格外细致。前景中有一个白色的箭头正指向他。培根使用箭头是有指示性的用意，为了在画作的某些地方标志力量。（有时他用得太多。）此处也是如此，箭头就像一个符号，充分而明确地下了定义。但在此画中还有另一层含义，箭头指向那个垂死之人，仿佛在说"这里！"或"他！"同一个箭头也出现在右侧画中，指向坐在马桶上的垂死之人，像是在说复仇女神已经找到了他。或是提醒我们这些站在美术馆中的人要看得格外仔细些。放置一个箭头，就像在一个词下画一道线。戴尔的身体在这幅画中又被画得很美，他弓起的背部，他的大腿和臀部。但他的头垂着，他垮了。

中间画中有戴尔的头、上半身和一条胳膊根部。他可能是坐在马桶上，但无法确定。他前面有一个形状杂乱的黑色东西，像是翅膀或是翅膀的影子，模模糊糊的蝙蝠形状，有不祥之感。这块黑色比彼得·拉西埋骨之地的画面上那块黑色更有形状，也更黑，但效果类似。这幅画中没有箭头，不需要箭头。培根的爱人死在了中间画中。不需要把他再指向任何人。

约翰·罗素指出，培根画中的背景一半是画室，一半是死囚牢房。一个简陋的、笼子似的地方。在此背景上他的人物充满感官欲望。有时他想一个雕塑家在创造一座丰碑。（他时常考虑做雕塑。）背景的画法和肖像画法之间有着极大的张力。"绘画与表面着色毫无关系。"他说。他画背景似乎特别轻松。"每当我有某种想要构形的感觉，我就先画个背景看看如何，然后再画形象。"他对大卫·西尔维斯特如是说。西尔维斯特问他是否会改变背景的原色，他说："我一般保留原色，因为使用未上底漆的画布时，这是很难改的。"早些时候，西尔维斯特问过他关于"坚硬、平整、明亮的背景"与核心形象叠置的问题，他说：

> 我越来越想把形象画得既简单又复杂。为此，如果背景统一且清晰的话，就能画得很清楚。我想这大概就是我为何要画非常清晰的背景，因为在这之上形象能很清楚。

不难想象他如何决定背景的颜色，如何混合颜料并快速而有技巧地上色，整个过程毫不犹疑。在他的讨论中这点似乎是次要的，动真格的是画人物肖像，他点蘸、糅合颜料，厚厚地涂上去，努力地让画面呈现调性和确定感。他不想说的是，他的背景颜色时常十分绚丽，有时明亮美丽，有时黯淡沉默。比如在他的《风景中的肖像》（1945）中，半隐半现的人物有种灰暗的不祥感，而场景在西尔维斯特的评价中越发显得奇怪，"蓝色天空与浅褐色大地畅快地融合在一起……空气里的开敞感与令人窒息的压抑感毫无阻隔地共处，有种兴高采烈的感觉"。培根不喜欢"无意识"这个词，他更喜欢用"神经系统"，但我们或许可以将这个迅速并自如地上色的过程（"画背景"）视为培根无意识的一面，这暗示着一种纯粹而平顺的想象，这种想象在色彩、肌理、明度、纯度以及光影中得到巨大的感官愉悦。他大可成为一名杰出的美国色域画家。

他使用华丽繁复的画框和玻璃面板，这种装帧方式使他的画呈现出路易·勒·布洛克奇①所说的"老派欧洲艺术"风格。勒·布洛克奇写道，这意味着"一种特殊的运用油画颜料方式，不是要象征什么，不是要描述对象，不是要体现一个抽象意象，而是让画作本身重构出一个人的经验客体，重塑为一只苹果、一片天空、一个人类的背部"。

培根过于理性，他的注视过于尖锐，他对事物过度关注，于是成不了炼金术士。"画家的画室不是炼金术士寻找点金石的

---

① 路易·勒·布洛克奇（Louis Le Brocquy，1916—2012）：爱尔兰表现主义画家。

炼金室——点金石并不存在——可能更像是化学家的实验室，你大可想象某种可能会发生的意外现象，但现实中恰恰相反。"直至1992年逝世之前，他一直在画约翰·爱德华，正如他曾经画乔治·戴尔那样。最后他甚至再度陷入爱河，他在相会新情人时在马德里过世。直至死前，他还在为自己的店里增加新画，参观美术馆（但在罗马避开了委拉斯凯兹的教宗英诺森十世的原版，他从未看过这幅画），观赏新作品，他充满勇气和智慧，并不怎么在意自己在艺术史上的地位："我不知道我是不是真的很好，因为盖棺论定需要很长时间。也不必担心你是否要在艺术发展史上占有一席之地。你只能做你一时冲动想做的事，而那并不意味着我到此为止。油画的可能性探索仅仅开了个头，潜力是无穷的。"

伊丽莎白·毕肖普：寻常中的完美

在那一年，即使是在早晨，酒店两小时的时租房也供不应求。城市里充满欲望。天很热。我在弗拉明戈公园附近的小巷子里住了一段时间，然后离开数日去科帕卡瓦纳游泳。当时伊丽莎白·毕肖普过世不久，她的第一部传记和《书信选集》尚未问世，大西洋另一侧的爱尔兰普通读者对她知之甚少。我不知道她有十五年住在这边一栋面朝海滩的公寓里。"这栋公寓太棒了，"1958年她给罗伯特·洛威尔[①]写信说：

> 我们再也不会把它租出去，无论租金涨成什么天价。十一楼的顶楼，两侧相连的转角阳台俯瞰这片著名的海湾和沙滩。船整日里来来往往，就像射击场里的靶子。人们散步遛狗——同样的时间遛同样的狗，每天早晨七点钟，同一个穿蓝色短裤的老人遛两条京巴犬——晚上人们在马赛克散步道上谈情说爱，长长的影子投在沙地上。

我还记得我到那儿的第一个星期六，我惊讶地看到沙滩上

[①] 罗伯特·洛威尔（Robert Lowell, 1917—1977）：美国诗人，"自白派"的鼻祖，重要作品包括《威利爵爷的城堡》和《生活研究》。

正在开展几十场热火朝天的足球赛,球踢得飞快,大多数踢球者皮肤黧黑而漂亮。每次射中球门,观赛者就发出一阵欢呼,喝彩声回荡在公寓和酒店区。他们一直踢到天黑,接着另一场戏开始。在伊丽莎白·毕肖普与《生活》的编辑们合写的《巴西》一书中,她写道:

> 晚上在乡间小路上、在海滩上或是在城市挨家挨户的门口,常能看到闪烁的烛光。一支黑蜡烛、雪茄和一个黑色的卡查卡酒瓶,或者是一支白蜡烛、白花、一只鸡和一个透明的卡查卡酒瓶。这是一种马康巴巫术或是一种献祭,数百万的巴西人相信这种迷信活动。

她一定曾在日暮时分站在阳台上,看着烛光渐次亮起。

在一个星期六,我看到一个四十多岁的妇人跪在海边,还有一个显然是她女儿的姑娘。她们把红玫瑰放在沙滩上,并在玫瑰周围点了数支蜡烛。她们还在沙滩上摆了一瓶酒。足球赛上的烟花和喊声已经消停下来。这两个女子面朝大海,全神贯注地紧握双手,望着灰色的波浪冲上沙滩。

这就是毕肖普最好的诗留存下来的场所。她构想出了罗伯特·洛威尔1947年在给她的《北与南》评论中所说的"不停运动着的,令人倦怠但持之以恒",然后转而去写一些实在的、具体的、人性的、脆弱的,即为罗伯特·洛威尔说的"休憩、睡眠、圆满或死亡"。她喜欢奇异的、短暂易逝的、喧闹的、漫不经心的时刻,但最后她的注意力被烛光和跪在海边的女子吸引了,她在她的作品中一个个地上演这些角色。

1985年我暂居里约时,我对她的了解仅限于她在诗中告诉我们的那些,以及她那些作品中的简短生平介绍和伊恩·汉密尔顿在1983年出版的洛威尔传记中所描写的那个模糊的身影。同一年,丹尼斯·多诺霍在他新版的《混乱鉴赏家》中写道:

> 伊丽莎白·毕肖普于1911年2月8日生于马萨诸塞州的伍斯特县。她八个月大时父亲就过世了。她的母亲罹患精神病,常年住院。伊丽莎白五岁那年,母亲被送往新斯科舍省达特茅斯的一家精神病院,从此伊丽莎白再也没见过她。她一半时间是在新斯科舍省被祖父母抚养长大,一半时间是在波士顿被母亲的姐姐照顾。她十六岁就读波士顿附近的一家寄宿学校,接着上了瓦瑟大学。她毕业后去了纽约,然后周游法国和意大利。1938年后她在佛罗里达州的基韦斯特住了十年。1942年她在纽约遇到一个巴西人洛塔·考斯特拉特·德·马赛多·苏亚雷斯。从1951年始,她们一起在巴西彼得罗波利斯附近住在同一栋房子里,也在里约住在同一套公寓里。毕肖普写过一本关于巴西的书,她在巴西待过十五年,写诗,翻译现代巴西诗人的作品。1966年,她回到美国,在多所大学特别是在哈佛大学开设诗歌课。1974年她在波士顿买了一套公寓。1979年冬她逝世。从表面上看她的生活毫无波澜,但波澜并不为人所知。

但有一件事透露了波澜。1970年，罗伯特·洛威尔在《笔记》中发表了《献给伊丽莎白·毕肖普的四首诗》。第一首是对他另一首诗《水》的改写，第二首有点费解，涉及一些私事，第三首题为《信中诗》，诗里有一些倒置的逗号。诗的开头如下：

> 你对我担忧得有理，但请不要，即便我自己也担忧不已。不知怎地我陷入了有生以来最为艰难的处境。

诗里还有：

> 我正等待着一线微光，
> 让我知道如何活下去。

第四首的末尾向作为一个艺术家的毕肖普致敬。在《笔记》中如下：

> 你是否仍然将词语悬置空中，十年不曾完美，
> 玩笑的书信，贴在壁橱的海报上，
> 空缺和留白，为未曾构想的语句，
> 那是无咎的缪斯在嘲笑一段不太寻常的友情吗？

在三年后发表的《历史》中，洛威尔修改了句子：

> 你是否仍然将词语悬置空中，十年不曾写就，

贴在你的告示栏上，
空缺和留白，为未曾构想的语句，
那是无咎的缪斯让寻常变得完美吗？

这些句子似乎很有道理：毕肖普的诗中充满了不可想象的词句，语调中那种静肃让读者觉得她每首诗都写了好几年。她追求一种安静的完美，这在当时很不寻常，她的同时代人如洛威尔和贝里曼都在写无休止和不完美的事。但第三首洛威尔从一封信中引用的诗的语调有些奇怪，这种带有戏剧性、私密性和激烈情绪的语调从未在毕肖普的诗中出现。这说明毕肖普有过近似于洛威尔的书信风。

洛威尔在对毕肖普《北与南》的评论中说，她的某些诗中有一种平乏的调子，"像是特意简化了给孩子看的"。比如说，《佛罗里达》开头，"这个州的名字最漂亮"，《鱼》(这曾是她最出名的诗)的开头，"我捕住了一条很大的鱼"，以及《添饲料》的开头，"啊，可这真够脏的！"没有一首诗是写她过世的父亲和疯了的母亲。写到母亲疯病的那篇短篇小说《在村庄里》是由洛威尔改写成诗（《嘶叫》）的，好像她自己无法把这种素材入诗。很容易产生一种误解，认为她极力避免私人题材，只爱直白地描写北美和巴西的某些风景，以及稀奇古怪的念头。洛威尔第三首诗中关于她的那些事似乎并没有进入她的作品。

然而在她诗歌的词句中深埋着一种痛苦和失落，语调中有一种独特而稳定的沉淀感，这在她的《在鱼屋中》最为明显：

> 如果你把手浸下去,
> 手腕立刻就疼起来,
> 骨头开始酸痛,手燃烧起来
> 仿佛这水是火变的
> 灰暗的火苗,烧着石头。

她的用词像海明威那样简洁有力,情绪似乎都隐藏其中,神秘地潜伏在词语之间的空隙里。她在诗中追索一种纯粹的准确感,这使她观察这个世界时感到无助,似乎什么都做不了。她诗里的句子总是那么精炼,似乎落在纸上是件极为艰难的事,虽然又是那么简洁直白。比如两段十四行诗的《浪子》,第一段的结尾:

> 于是他想,大约会忍受
> 流放,更有一年之久

第二段的结尾:

> 他过了许久时光
> 终于决定要回乡

第一段的结尾以"大约会忍受"和"一年之久"押韵,透露出一种绵绵不绝的遗憾和疲惫。作为诗人的她借用了大量散文的闷声。她把最后一句写得随意、不确定,仿佛什么都没有发生,没有什么诗性。置于句首的"终于",就像是一个尴尬的散文词汇，与抑扬格五音步的"决定要回乡"形成对照。但她很多诗行中那种深厚的情绪似乎并非主要来自她的诗才（虽然也有一部分），而是来自一种压抑的绝望和焦虑，一种想要保持清醒和冷静的受伤的性格——用她自己的话说就是"糟糕但快乐"，这种情绪渗透了她的诗。1964年她写信给罗伯特·洛威尔："拉金的诗里都有一种略显过度的沮丧和恐惧感——但你也不能把这些写简单了，我就随便一说。"

"沮丧和恐惧感"正是她大多数作品未曾言说的内容。布瑞特·米利埃的传记出版后，她诗句中的那些东西终于浮现出来。罗伯特·吉鲁编辑的书信选集《一种艺术》出版后，她生活中的那些戏剧性——她的性取向、她的孤独、她的情事和去国离乡——也许会比她的诗更受人关注。她的生平足以比肩西尔维娅·普拉斯①，是一个引发人无限兴趣的话题。在诗人的生平被公之于众之前，必须记得诗的力量。

有些信件佚失了。毕肖普写给洛塔·考斯特拉特·德·马赛多·苏亚雷斯的信大多被毁，写给玛乔丽·卡尔·史蒂文斯的也是如此，玛乔丽是她四十多岁时在基韦斯特的同居者。她写过数千封信，罗伯特·吉鲁选了五百多封。显然他没选很多有趣、披露性的信，但他没选毕肖普写给安妮·史蒂文斯——她写了第一本评论毕肖普诗的书②——却颇为奇怪。这些充满

---

① 西尔维娅·普拉斯（Sylvia Plath，1932—1963）：美国诗人，患有抑郁症并死于自杀，1982年获普利策奖。
② 指的是1967年出版的《伊莎白·毕肖普》(Elizabeth Bishop)。安妮·史蒂文斯（Anne Stevenson）是英美诗人、作家。

洞见与精妙词句的信被引用在布瑞特·米利埃的传记中，大卫·卡尔斯通的《成为诗人》中，以及洛丽·戈尔登松的《伊丽莎白·毕肖普：一首诗的传记》中。"一个人在艺术中寻求的、体验的，也是创作中必须的，是忘却自我，完全无用的专注，"她写道，"我有一个不成熟的理论，如果有人突然取笑你一直严肃对待之事，你能学到特别多，我就从中学到了很多。我指的是生活、世界，等等。"（在帮助史蒂文斯写一篇简短生平时）"1916年，母亲经历几次崩溃后彻底疯了，她活到了1934年。我从不隐瞒此事，但我也不太想谈。但当然这对我是一个重要的事实。我再未见过她。"还有"总有人以为现在情况变好了，她已经治好了"，"我母亲十六岁时去当中学老师（有事业心的年轻人大多这么做），她的第一个学校是在低布兰顿角——那里的学生大多只讲盖尔语，因此她在那里有段时间挺不容易的——也可能是在家附近，她非常想家，就把家里的狗带去作伴"，"因为我的时代、性别、处境、教育等等，我写诗至今[1964年]，觉得写的是一种特别'讲究'的诗，虽然我很反对讲究。如果想要有所改变，只能从头再来"。

从毕肖普的信中可以看到她的整个生平，以及她的那种独特的语调，正如在萨利·费兹杰拉德编的《存在的习惯》（弗兰纳里·奥康纳信件汇编）中可以看到奥康纳，而毕肖普很欣赏此书。

有一些信为解读她的诗提供了指南。在《诗歌》中她描述了一幅她叔公乔治画的油画，她突然间发现自己知道画中的地点,她也去过那里。"天呐,我认出了这个地方,我知道!"此诗如是写道。使用"天呐"这个词是有危险的,特别是对于一个不爱讲究的诗人。此诗其他部分更为平实,但读者仍然困惑为何会用"天呐"。而那些信显示,"天呐"是她的惯用词,信中至少出现了十次。("天呐,可以再次全英语聊天太棒了";"天呐,四年后我讨厌政治";"天呐,泪如泉涌";"哦,天呐,现在约翰·阿什贝利和我要去和伊瓦尔·伊瓦斯克共进一次'亲密的'午餐。")

1973年,她给詹姆斯·梅里尔[①]写信说:"一想到[切斯特]卡尔曼先生流着眼泪读《麋鹿》,我就想哭。"她并没有提到她是如何得知卡尔曼读她那首诗(内容关于在大巴车上看到一头麋鹿)而哭的。第一次提到《麋鹿》是在1946年写给玛丽安·摩尔的信中:

> 我是坐大巴回来的——旅途不顺,但当时似乎已经是最便捷的了——车子晚上经过农田时,我们用手电筒和灯笼向它打信号让它停下。次日一早,天蒙蒙亮,司机一个急刹车,因为一头大母麋鹿正在路上游荡。它慢慢地走进树林,还回头看看我们。司机说有一个起雾的晚上,一头大公鹿走过来嗅引擎,他不得不停车。

1956年,她给格蕾丝姨妈写信,"我写了一首关于新斯科舍

---

① 詹姆斯·梅里尔(James Merrill,1926—1995):美国诗人,1977年获普利策奖。

的长诗,是献给您的。等出版了我就给您寄一本。"十六年后,这首诗写完了。她给格蕾丝姨妈写信,"诗的题目是《麋鹿》。(您不是那头麋鹿。)"她在哈佛-雷德克里夫大学优等生联谊会上朗读此诗,听到有学生评价"作为一首诗还不错"很高兴。"我将这视为高度赞扬。"她给一位朋友写信说。

> 一头麋鹿钻出
> 茂密的森林,
> 隐隐约约地站在那儿,
> 站在路中央。
> 它走过来,嗅起
> 大巴车滚烫的车篷。

其他一些信让我们得以解读个人诗作,或是诗里某些句子。1957年,远在《在等候室》发表之前,她写信给格蕾丝姨妈:"我上午去看牙医,看到一期九月号的《国家地理》上有一篇很傻的关于芬迪湾的文章,但我想为了照片买这期。有几张让我想家了。"在信中她提到另一位姨妈,就是诗里出现的这位姨妈:

> 我的姨妈在里面
> 待了很久
> 等她的时候我读了
> 这期《国家地理》
> (我所能读的)然后细看了

那些照片

同样,《三月末》的读者会在若干封信中发现回响。"我常有一个梦想,"她在 1960 年写信给罗伯特·洛威尔,"想去当灯塔看守,只有我一个人,无人打扰我读书或静坐。"三年后,在另一封给洛威尔的信中她写道:"然后我和洛塔一起去了那儿,有两个星期几乎什么事都没干……"在这首诗中:

我想在这儿休息,什么都不做,
或不做什么,永远地,待在这两间空荡荡的屋里;
瞅瞅望远镜,读无聊的书……

在其他一些信中,她谈到了某些诗是怎么写出来的,这使她的通信成为她的诗歌爱好者的必读。她的信有两点很重要,其一,有些信本身就写得极为出色,才华横溢;其二,这些信讲述了一个伟大而悲剧的女同性恋者的爱情故事。

毕肖普并没有一封信提到自己是同性恋,也极少提及个人财务的细节。她很谨慎。但从 1951 年她坐船去巴西然后与在纽约认识的洛塔·考斯特拉特·德·马赛多·苏亚雷斯同居后,信的语调就变了。即便只是提到犀鸟,她的语气也略有不同:"它有一双明亮的碧蓝的眼睛,蓝灰色的腿和足。身体大半是黑色,只有大嘴底下是蓝绿色,有一个亮黄色的盔突,肚子上和尾巴下都有一小撮红羽毛。"

洛塔在里约有一套公寓,根据毕肖普从彼得罗波利斯写给朋友的信可知，公寓距离里约四五十英里，"这里地方很大，楼房里也有很多空间，瀑布旁的黑色花岗岩悬崖一侧有一栋优雅的现代风格的大房子，这景色真是特别华而不实。"洛塔出身于一个巴西贵族家庭，与即将发迹的政客卡洛斯·拉塞尔达是好友。罗伯特·吉鲁引用过伊丽莎白·哈德威克对洛塔的描写：

> 感情强烈，情绪化，有一点儿缺乏安全感，忠诚，专一，聪明，是同性恋，巴西人，羞涩，某些方面很能干，但也无助。她以最讨人喜欢的方式崇拜伊丽莎白，霸道的同时又很谦卑，不施加任何压力。

毕肖普有哮喘病，还酗酒。作为诗人，她作品很少，并对自己的作品感到不安。她是一个孤儿，没什么依靠。1948年她对罗伯特·洛威尔说："等你为我写墓志铭时，你一定要说我是有史以来最孤独的人。"1952年9月她给纽约的医生写信说："我还是觉得我已经死了，去天堂了。"1953年4月她给朋友写信说："这地方真好……我只希望你如此安稳之时还没到四十二岁。"

她开始写信给朋友们诉说她在巴西的日常生活："今早七点我从窗口望出去，看到我的女主人正穿着浴袍，指挥人爆破一块巨大的石头。"她学会了开车，她和洛塔买了好几部时髦的小跑车。她写过洛塔有一次修理车胎：

> 她穿着一条裹裙，弯下腰时，裙摆就分开了，后腰露出一点白内裤，那是很老式的平角内裤，对面开来的卡车

司机都看到了。

居家生活成了一个愉快的话题，仿佛是她出演的一场戏，她自编自演的一出喜剧，不太严肃的模仿"普通"生活的滑稽剧。她们雇佣仆人，养了许多宠物，还请了一位厨师，有一封信中写到厨师"没教养，脏兮兮"。然后：

> 我们出门的时候，厨师就开始画画——艺术只在休闲时光才能发芽，我想——她画得越来越好，我们之间的较量也日趋白热化，凡是我画了一幅画，她就画一幅更大更好的，如果我做了什么菜，她就立刻只用鸡蛋做同样的菜。我想她应该还不会写诗，但迟早写得出来。

她们雇了一个女仆叫茹迪特，毕肖普写信给英国的朋友们说，她一直"想请她把她的脑袋带来"。后来厨师怀孕了。"希望孩子待到圣诞节后再出世，我知道一定是个可爱的孩子，比起白人小孩我更喜欢黑人小孩，不过我们还得让厨师为我们打理日常。"这孩子"太漂亮了"，毕肖普写信给玛丽安·摩尔：

> 现在天气凉了，她母亲给她添了衣服，浅粉色或黄色的法兰绒袍子，嫩绿色或黄色的袜子，那是她父亲帮忙织的。他们非常得意这个孩子，以致我们不得不每个周日都阻止他们把孩子带去坐疲累的长途车，炫耀给所有的亲戚。因为我们也照管她的饮食起居。周围一带就没有这样胖乎

乎的漂亮孩子，家里的帮工一直过来看她，问她的饮食。有个人说觉得她笑得太多。

一年多后，在给格蕾丝姨妈的一封信中，毕肖普提到："当然我们非常想养她，可是我觉得这不是一个好主意。"

1956年，毕肖普荣获普利策奖。这时她的三千册藏书已经放在洛塔特地为她打造的书房内。她仍然喜欢巴西的"高尚的暧昧"。她定期给玛丽安·摩尔写信说她的宠物。比如，在"一个风雨交加的夜里"，她的犀鸟失踪了。

> 那真是个糟糕的时刻，厨师玛丽安、她的丈夫保罗，还有我到处找它，浑身湿透，笑得此起彼伏。可它蹲在车库上方的一棵小树上，被淋得飞不起来，可怜的鸟，它很乐意被捡回去，喂一块肉，然后用毛巾擦干。它一定很不容易。那只猫老是在戏弄它，躺在它的笼子上睡觉，还把爪子伸进去……

整个50年代，那些信里都是快乐和惊喜。她是一个寄居南方的北方女人。她在给玛丽安·摩尔的信中所描述的1958年里约的狂欢节充满了异国情调的细节。透过这些信，显然可知洛塔是她快乐的重要源泉。她写信称赞小孩、风筝、猫（"现在我那只大个子的黑白色猫正想钻进打字机"）、暴风雨、红发、鸟（"一只鲜红色的动作敏捷，停在树梢上，对另两只伴侣——我猜想是它的妻子和情妇——鸣叫，叫声也是巴西风格。"）。

但她最后一次（在给罗伯特·洛威尔的信中）写道："可是亲爱的，我的姨妈写信给我，详细描述了新斯科舍'秋天的颜色'，我想是否那才是我归属的地方。"在许多信中都有一种感觉，她对巴西如此报以热诚，敞开心扉，正是因为她那脆弱和不稳定的性格。在几乎所有信中都有一种要保持愉快的强烈愿望。哪怕是抱怨，她也尽量写得风趣，比如她长篇大论英国的洗涤习惯。（"牛津毕业生的味道。"）大多数时候她避免提及诗和写作，似乎想要宣称，她对这个世界太过投入，已经不想写东西了。

1961年，洛塔的朋友卡洛斯·拉塞尔达在里约当权，他给了洛塔一份工作，设计城里的新弗拉明戈公园。"这是一份大工作，"毕肖普给朋友写信道，"上周我和她，还有大约十二名工程师一起去了'工地'，目前为止我觉得她干得很棒，我没有夸张，但我不信任那些绅士，他们彼此嫉妒，当然还会嫉妒女人。"之后五年，洛塔都在干公园的活，并通过卡洛斯·拉塞尔达涉足巴西政界。1964年里约总督府被游行队伍包围时，她正在里面。渐渐地洛塔和毕肖普的关系变得紧张起来。从布瑞特·米利埃的传记可知，1965年毕肖普与另一个女子莉莉·科雷亚·德·阿劳约有过一段情事。米利埃写道，毕肖普"在1965年11月离开黑金城（莉莉的住处）后给莉莉的信中直接并愉快地表达了她的爱，还因为自己酗酒失态被莉莉看到而道歉"。

1966年，毕肖普在西雅图授课，与一个被称为"XY"的女子发生恋情。毕肖普回返巴西后，继续与XY通信，当时洛塔的精神彻底崩溃了。1967年1月，她致信给她在纽约的医生，说洛塔：

> 与我们所有的朋友（只有两位除外）都发生过激烈的争吵，似乎他们都认为她"疯了"好几年，后来我也这么认为。但是当然我一直都知道，几乎所有晚上都知道，天可怜见。我知道自己有错，你知道——可那真的与我无关，虽然现在她的心都在我身上——初恋，然后是恨，等等。我终于拒绝晚上和她独处，她威胁说要从阳台跳下去，等等。

最终毕肖普去了纽约，1967年9月17日洛塔也去了。那晚洛塔服用过量的药物，一周后过世。毕肖普写信给朋友，"她是一个优秀的、出色的女人，我很遗憾你没能更了解她。我与她一同度过了十二三年的快乐时光，后来她病了，我想这个世界太过无情"。在巴西，洛塔的家人和亲近的朋友都认为毕肖普对洛塔的死负有责任。她去旧金山与XY同居，而后又去了黑金城，但洛塔死后三年她依然写道："事实上，这事对我并没有结束。我想要记住我有过十五年真正快乐的时光，直到洛塔生病——我应该感恩，我知道大多数人并没有这么快乐过。但自从她死后……我好像就不在乎自己是死是活了。我好像一天比一天更想她。"

1970年XY也精神崩溃了，住进了巴西的诊所。后来毕肖普与XY分手，XY回到了美国。"我觉得以某种奇怪的方式，"毕肖普写信给她的纽约医生，"XY想成为我，其实是想杀了我。"1970年9月，毕肖普去哈佛授课。她不爱授课，但她找到了一个新朋友爱丽丝·梅特费塞尔,找到了面朝波士顿港的一套公寓,再续她与罗伯特·洛威尔的交情。她走完了一个圈——北、南、北。

与所有的孤儿一样,毕肖普擅长交友,为自己创造一个家庭。洛威尔和玛丽安·摩尔都很关照她的事业,为她寻找出版商和资金,助她成名。她欣赏他们俩的作品,在与他们的通信中总想表达她并不太在乎文学界的名声和成功。然而她写作和出版诗作的方式显示的是另一回事:为了把诗写好她会等待数年,但出版的方式却对她非常重要;她写出了一种迟疑、随意、安静、朴素的语调,但蕴含了她所知道的一切,以及发生在她身上的一切。她很高兴听说一个《在等候室》的读者说她读到这首诗时胳膊上起了鸡皮疙瘩。

在《献给莉齐和哈丽雅特》的最后一首诗《讣告》中,洛威尔写道:

> 在最后的安息到来之前,一切卓越以存在的方式安息了,来者俱寂。

现在他们都回到了新英格兰。他曾写过,在1948年,他有一次差点向她求婚。在她的回复中,她避开了这个问题。她在1970年2月27日写给他的信很精彩,而他献给她的第三首十四行诗正是以此为本:"你对我担忧得有理,但请不要,我对我自己很担忧。不知怎地我陷入了有生以来最为艰难的处境,我看不到出路……我觉得我似乎正等待着一线微光,让我知道如何活下去。"

洛威尔把她的信写成了诗,正如他与伊丽莎白·哈德威克离婚后,他把她的信都改成了十四行诗收入他的《海豚》。毕肖普因他使用这份素材而深感不安,她在信中谈及此事的语气证明了在她反复无常的心性之下,还有固执与决不妥协的智慧。

> 这里有种"事实与虚构的混合",你篡改了她的信。我想这是一个"极大的恶作剧"。第10页,第一首诗,太震惊了——好吧,我不知道该说什么。还有47页……以及后面几首。使用他人的生平素材无妨——确实也有人在用——可是这些信,你是否打破了一份信任呢?如果你是得到了允许,如果你未曾篡改……等等。可是艺术并不值得如此。

他们在两年内相继离世。洛威尔死于1977年,毕肖普死于1979年。毕肖普过世前两年出版了《地理三》,这是一册薄薄的只有十首诗的书。在她最终的安息到来之前,在巴西的快乐时光以及随后的梦魇时光之后,她的语调变得更为私密,对事物越发看淡,更具智慧了,因此这十首诗中有六首位列20世纪美国诗歌的巅峰。她的书信显示了这些杰作背后的代价。

洛威尔死后,她为他写了一首挽歌《北港》。"我写了一整个夏天。"她写信给一位朋友。在诗中她呼应了洛威尔,使用了一句莎士比亚的诗,还有刘易斯·卡罗尔的一句话,但有几句是只有毕肖普才写得出来：

> 金翅雀回来了，或是类似的鸟儿，
> 白喉雀唱起五音调的歌，
> 祈求着，祈求着，让泪水充盈眼眶。
> 大自然重复着自身，或几乎是重复着：
> 重复，重复，重复；修改，修改，修改。

即使是写信，她也喜欢纠正自己，尽量使表达准确。这首诗里的"类似的"、"几乎是"流露出一种不同寻常的惆怅，一种生死无常。洛威尔曾在《笔记》和《历史》中都翻译过贝克尔的《黑色的燕子》，"黑色的燕子……再也不会归来"。在《献给莉齐和哈丽雅特》末尾的《讣告》版的开头是："我们的爱不会在命运的车轮上回返。"毕肖普在献给他的挽歌中写道：

> 此刻——你已永远
> 离开。你无法再打乱，或重排
> 你的诗。(可是麻雀能重唱它们的歌)

"你能立刻销毁这封信吗？"她致信给一位通信者，但那人显然没有听从。"为我祈祷吧，"她后来写道，"把这封信也撕了吧。"显然并没有见效。毕肖普喜欢读信，她对多位朋友提到过读卡莱尔夫人、济慈、柯勒律治和亨利·詹姆斯的信是愉悦的，读哈特·克兰、埃德娜·米莱的信则是压抑的。"洛塔的一个朋友，"毕肖普在1970年写道，"烧毁了我所有写给洛塔的信，那是洛塔特意保存下来让我将来可用——亚马逊、伦敦之旅，我独自做的各种短途旅行。这种事已经第二次发生了。"1972年，她把玛丽安·摩尔的信卖给她："这事我一再拖延，因为我不想让自己看着像唯利是图——但我确实需要考虑晚年以及档次较好的养老院。"她写道。1971年，她在哈佛大学主持了一次关于"信"的研讨会。"就谈谈信——作为一种艺术形式或别的形式的信。我希望能选出一些优秀的风格各异的——卡莱尔夫人、契诃夫、我的格蕾丝姨妈、济慈、一封街上找到的信，等等。"她说，信是"交流的死亡形式"。她大多数信写得像是表演、能量的爆发、对诡谲和奇异事物的欢喜，充满了"趣味"（她喜欢给"趣味"打上倒置的引号——"趣味，"她在献给洛威尔的挽歌中写道，"离开你总是一场遗憾。"）。但其余的信却忍不住披肝沥胆，其坦诚令人心碎。"我为那些无法写信的人感到遗憾，"毕肖普写道，"但我怀疑，你和我喜欢写信是因为这是一种不是写作的写作。"

延伸阅读：

《一种艺术：伊丽莎白·毕肖普书信选》(*One Art: The Selected Letters of Elizabeth Bishope* edited by Robert Giroux, Chatto)

《伊丽莎白·毕肖普：生平和回忆》(*Elizabeth Bishop: Life and the Memory of It* by Brett Millier, University of California Press)

詹姆斯·鲍德温：肉体与魔鬼

2001年2月1日，在纽约林肯艺术中心的艾莉丝·塔利厅，八位作家前来纪念詹姆斯·鲍德温。门票早已预订一空，外面还有很多人焦急地等票。这次的观众很不寻常。一般来说，纽约的观众或老或少（林肯艺术中心的观众多数是老），或黑或白（林肯艺术中心的几乎清一色白），或同性恋或异性恋（林肯艺术中心的经常不好说）。而当晚詹姆斯·鲍德温的观众却不那么容易归类，我认为是半黑半白，半老半少，四分之三异性恋，四分之一同性恋。但许多人都在通过表情和肢体语言表达一种比年龄、种族、性取向更重要的东西。此外还有许多年轻的黑人独自前来，携着一本书，怀着严肃深沉的情绪。还有众多作家。有几位鲍德温的家人也到场了。

那些发言认为，詹姆斯·鲍德温的遗产既充满力量，又有很强的适应性，读者总能从中找到自己需要的那一类型，总能以某种方式受到影响，这既反映读者的内心，也反映鲍德温的内心。

发言讲述了许多鲍德温的矛盾性格，许许多多的对立面构成了他的人格。他的部分人生是一个运用詹姆斯式的技术和韵律的纯粹的艺术家。他也是一个参与政治的鼓动者和宣传家。他的童年在黑人区的世界中度过。他也喜欢格林威治村和巴黎的波希米亚世界。他是一个孤独的人。他也交游广泛，热爱社交。他是美国当时最具辩才的演说家。但他的遗产也是一份失败的记录。很难说他的哪一部分更为瞩目。他的肤色比他的性取向更重要吗？他的宗教背景比他的美国名著阅读史更重要吗？他的悲哀和愤怒比他爱笑、爱世界更重要吗？他的文风是如小说家罗素·班克斯那晚所说的习自艾默生，还是如希尔顿·阿尔斯所言，"高层次的同性恋风格"，或是如约翰·埃德加·怀德曼所言，是钦定版《圣经》与非洲裔美国人演讲风的混合物？或是如钦努阿·阿契贝说的那样透彻，充满雄辩与智慧？鲍德温参与民权运动，是否如希尔顿·阿尔斯所坚称的那样，是其他作家的前车之鉴，还是如阿米里·巴拉卡所认为的，是我们崇敬他的原因之一？他最优秀的作品是否如希尔顿·阿尔斯所言，是尚未出版的书信集，还是如许多人所认为的是他的散文集？或者如钦努阿·阿契贝当晚所言，他早期的小说是他最具生命力的遗产，"令我受益匪浅"？

对于所有演讲者，特别是对于读者而言，与鲍德温作品的关系始终是有张力的。鲍德温性格的复杂性、他的文风的力量、他的主题的持久影响力，使他成为一位既受人争议、也为人仰慕的作家。他从与自身的争辩中创作文章，这赋予它们一种脱颖而出的诚挚与锋芒。他在小说中想要探索的那些自身的部分，正是我们大多数人想要隐藏的。此外他也在文风上用力甚勤，他关心如何写好一个句子，如何控制文章的旋律和音乐性。

詹姆斯·鲍德温1924年出生于黑人区。他是一个大家庭的长子。他的父亲在他十九岁那年过世。"在同一天,"鲍德温在《土生子札记》中写道,"几个小时后,他最小的孩子出生了。一个月前,当时我们所有精力都放在这些事上,底特律出现了一场百年来最为血腥的种族暴动。我父亲葬礼过后几个小时,他还躺在殡仪馆的小礼拜堂里,黑人区的种族暴动爆发了……我们把他送去墓地时,周围充斥着肆意掠夺、混乱、不满和仇恨。"

鲍德温开启了一个宏大的主题:他生活的戏剧性对应或回应了大众的戏剧性。他也接受了一些影响。他三十一岁时,把这些列入了《土生子札记》:"钦定版《圣经》、沿街店面教堂的装饰、黑人讲话中某些反讽的、暴力的,以及一直有所保留的东西——以及某些狄更斯式的对精湛技巧的热爱。"

然而,他在自己所承袭的主题与所列举的影响之后加上了自己的东西。那是他散文和小说中一以贯之的东西,但他自己或许都没有注意到,当然也不会想要写下来。他活学活用了英国随笔大家的语调:培根、托马斯·布朗爵士、黑兹利特、艾默生和亨利·詹姆斯。他写道,他把"一种特别的姿态"带给了"莎士比亚、巴赫、伦勃朗、黑兹利特、巴黎的石头、沙特尔大教堂、帝国大厦……这些不是我的创作,不包含我的历史,我也许是一直徒劳地寻求自身的映射。我是一个闯入者,这不是我的遗产。同时我没有其他可能去使用的遗产——我显然与丛林和部落格格不入。我应该挪用那些白人的历史,我要把它们变成我的。"

通过挪用英国随笔遗产,鲍德温不仅学到了文风,还有思路。这些思路运用限制条件、旁白和附加条款来说明真理是脆弱的,容易被倾覆的。他的随笔游戏在清晰与模糊之间,在直白的陈述与怀疑的阐释之间。他的文风可以是昂扬的、庄严的,映射出闪光的心灵。他的思想优美地流淌在他的文风中,仿佛新鲜的语言使他拥有新鲜的思想。他从亨利·詹姆斯那里学到了许多小说中的人物与意识,以及如何运用单一视角、细节与明暗。

他在事业早期就显示出艾略特对詹姆斯的评价,"无法被单一思想穿透的精密头脑";其余时间他并没有这份宽裕,因为公众事件尤其是私人事件都在挤压他的想象力,阻止他追求天性中的自由。他的遗产既解放也禁锢了他,让他自由地成为花花公子,自由地寻找主题,也限制他成为一个发言人,一个流放者,被禁锢在愤怒之中。

在当晚的林肯艺术中心,钦努阿·阿契贝讲到自己的作品与鲍德温的作品之间存在一种奇特的联系。在《分崩离析》[①] 中,对父亲愤怒和无能的描述十分接近鲍德温在随笔和小说中对父亲的描述。鲍德温十九岁时过世的那位父亲并不是他的亲生父亲,他不知道自己亲生父亲的名字,这使他越发遗憾自己从未见过他,从未爱过他。

英俊、骄傲、内向,"就像一片脚指甲。"有人这么说。

[①] 《分崩离析》(*Things Fall Apart*):尼日利亚小说家钦努阿·阿契贝的作品,出版于 1958 年,内容关于 19 世纪晚期尼日利亚的前殖民时代的生活。

我长大后,觉得他像是我在照片上看到的非洲部落酋长。他应该赤裸身子,涂上打仗的纹饰和野蛮人的标志,站在长矛之间。他可以在圣坛上镇压全场,同时在私生活中残暴地难以言喻,他肯定是我见过的最辛酸的人……他死的时候,我离家一年多……我发现了白人在这世上的分量。我知道我的祖辈们也经历过这些,现在轮到我了,杀死我父亲的那种痛苦也能杀死我。

鲍德温战时曾在新泽西的防御工事里工作,在那里他的痛苦被点燃了,他知道了"酒吧、保龄球、餐厅、娱乐场所"对他关起大门。他的某部分性格让他一定要去那些地方,去被拒之门外,让那些人拒绝为他服务。他写过有一晚他在一家餐厅中遭到拒绝后,来到"一家上等的、时尚的大餐厅,我知道即便圣母马利亚都不能让我在那里得到服务。"他坐在桌旁,一个女服务员过来说:"我们不招待黑人。"他听出她声音里的害怕和歉意。"我想让她走近些,我好用双手掐住她的脖子。"最后他把装着半杯水的杯子朝她扔过去,但没扔中,然后他跑了。后来,他发现自己想自杀。我什么都看不清,但我看到了这点:我的生活,我的真实的生活,处于危险之中,危险并非来自他人,而是来自我内心的愤恨。

鲍德温在1955年发表了这篇,当时他三十一岁。他早期的随笔并没有那么多政治性,他没有要求加强法治,也不督促政府采取行动。他没有视自己为无辜,视他人为有罪。他想要做更真实更艰难的事。他想要证明进入他灵魂中的毁坏可以被轻易消除。他也想证明美国的灵魂是一个被极大玷污的灵魂。他不认为除了大众改信宗教之外还有什么能够改变世情。他并不是一个一无所长的小布道师。

他如何从一个愤青成为当代一流的文体家，这依然令人称奇。父亲死后，他搬到市中心，开始出没于格林威治村。"那些年村里很少有黑人，"他在1985年写道：

> 在这一小群人中间，我肯定是最不切实际的……我心怀热望，脆弱又孤独……我确定自己已经看起来和听起来都像个女人了。从我童年直至青少年，我的玩伴就叫我娘娘腔……街坊们都叫我基佬。

他找过一些奇怪的工作，然后又失业，比如洗盘子、开电梯。他喝酒，一夜情，屡次精神危机。自他父亲死后直至他离开纽约的五年一直是他的梦魇，那段时间他差点就自我毁灭。

在他的随笔和小说中，他的肤色都促使他创造了一个富有激情和原创力的美国。他的同性恋性取向也做出了类似的尝试，描述并戏剧化了他当时的性政治。"当时美国的性理想似乎是根植在美国的雄性理想中，"他在1985年写道：

> 这个理想造就了牛仔和印第安人，好人和坏人，流氓和牛郎，硬汉和软蛋，男人婆和基佬，黑人和白人。这个理想先天不足，它实际上禁止美国男孩成长为复杂的男

性——这是一种不爱国的行为。

鲍德温在 1951 年关于理查德·怀特的文章中写道：

> 我认为，生活在美国的黑人，没有一个不曾体验过单纯的、赤裸裸的、无可辩驳的仇恨，区别无非是短暂或长期的，尖锐或迟钝的，程度不同的或作用不同的。没有一个不曾想过要冲着某天遇到的白人脸上揍一拳，不曾出于报复心理而想猥亵他们的女人，不曾想要打碎所有白人的身体，让他们矮下去，矮到尘埃里，那正是他出身并一直被践踏的地方。

1962 年，鲍德温发表了《另一个国家》，关于一个出身黑人区并敢于在格林威治村生活的年轻音乐家的男性力量、种族、愤怒和命运。《另一个国家》的主人公鲁弗斯心怀愤恨并深受其害，但鲍德温敏于觉察，他一直提防愤怒会使他变成一个愤怒的黑人或受害者。在 1960 年的一篇文章《假想小说的笔记》中，他回顾了自己二十多岁时在纽约市区遇到的白人：

> 刚开始，我以为白人世界与我搬出来的那个世界大为不同，但我发现自己彻底错了。看起来似乎是不一样。这个世界似乎更安全，至少白人看起来更安全。似乎更干净，更有礼貌，而且当然，从物质角度来说也更有钱。但我从未遇见一个人没有我逃离地方的那些苦恼，所以他们不知

道自己是谁。他们想成为某些人，但他们并不是。

鲍德温知道要把自己的主人公写成才华横溢的坏人，把激烈的、自我毁灭的魅力作为他的核心性格，把他的白人朋友写成不安的、无法保护自己的复杂人物。此书的前八十页令人惊诧，我们看着鲁弗斯走向他的毁灭。1960年，鲍德温在一篇文章中提到"性神话的身体……围绕着美国黑人"，黑人"因为美国白人的罪恶想象而遭受惩罚，是白人用仇恨和渴望创造了他，使他成为他们性渴望的主要目标"。鲁弗斯深知这点，并怀疑自己的吸引力。他会渐渐憎恨想要他的白人女人。他会鄙视，不信任他的白人朋友。他会穷困潦倒，孤苦无依地走在城市里。他会做鲍德温的朋友尤金·沃思在1946年所做的事，最后从乔治·华盛顿桥上跳下去自尽。"[鲁弗斯]并没有先例，"鲍德温后来说：

> 他被写进小说是因为我觉得没人从这个特定的角度观察过一个黑人男孩的崩溃。鲁弗斯对自己的毁灭负有一定责任，为了写这部分责任，我尝试着打破那幅伤感的画面——一个受苦的黑人被白人逼到自杀。

鲁弗斯是一个悲剧主人公，他正处在两个时代的夹缝中，在前一个时代中如他这般的人没有自由，后一个时代尚未到来。城市向他打开大门，但并不足以使他感到自由，只能让他感到危险和遭受威胁。他就好比一个刚从单人牢房被放到更大的监狱里的囚犯。

尤金·沃思自杀两年后，鲍德温离开纽约，去往巴黎。"我不知道我去巴黎会遭遇什么，"他对《巴黎评论》说，"但我知道我待在纽约会遭遇什么。如果我留在那里，就会像我的朋友一样从乔治·华盛顿桥上跳下去。"

"我离开美国，"他在1959年写道，"因为我怀疑自己能否克服肤色问题带来的愤怒……我不想让自己仅仅成为一个黑人，或成为一个黑人作家。"尤金·沃思的噩运始终困扰着他。他在1961年写道："我当时想，说实话，我现在也是这么认为，如果他不是黑人，他就不会这么去死，也一定不会这么早死。"那一年鲍德温还写道："我很早就决定，我的复仇将会获得一种比王国更为长久的力量……要成为一个黑人，更不用说一个黑人艺术家，就得虚构出一个自我。"

他为自己创造了两个角色模型。一个是画家博福特·德莱尼，鲍德温十六岁那年在格林威治村首次拜访了他的画室，当时鲍德温还是小布道师。"博福特是我的第一个活生生的榜样，黑人也可以成为画家。"四年后，鲍德温遇到了理查德·怀特，他比他年长十六岁，当时是美国最著名的黑人作家。怀特鼓励了鲍德温，读了他的作品，并为他争取经费。同样重要的是，怀特1946年前往巴黎，也为他树立了榜样。（博福特·德莱尼也在1952年去了巴黎。）当鲍德温在1948年11月抵达巴黎时，他在圣日耳曼区的一张桌子前找到了理查德·怀特。怀特帮他找了住处，将他引荐给巴黎的波希米亚侨民。

之后六年，詹姆斯·鲍德温基本在巴黎度过，他出版了两部小说《向苍天呼吁》和《乔瓦尼的房间》、几篇他最优秀的短篇小说、第一部随笔集《土生子札记》,以及主要发表于《党派评论》、《评述》、《哈泼斯》的文章。

不难这么说,《向苍天呼吁》和《乔瓦尼的房间》是两个不同的人写的。一个是年轻的作家,他的想象力被童年时代及其不满所点燃,他观察过家中的长辈,对他们的理解比对自己更深入,因此他怀着生硬的同情,用丰厚的语言来描写他们。鲍德温在他的第一部小说中写到了他们的情色,他们引以为荣又引以为耻的肉体。他用最优美的词句来勾勒他们,细腻丰满并富有节奏地描写他们的关系、私事、动机和想法。亨利·詹姆斯去过黑人区。这部小说完成于1952年,被克诺夫出版社接受,并于次年出版。

鲍德温作为随笔家和小说家的亮相,受到被他致信的那些纽约编辑的热烈欢迎和期盼。终于有人既能写出漂亮的文章,又有政治和种族命运意识,既有见识又聪明,出身黑人区又有其他视角,他的处女作小说内容关于宗教和几乎只知一百二十五大道以南地区的黑人区,被与威廉·詹姆斯和威廉·福克纳相提并论。1950年,鲍德温在巴黎读了詹姆斯·乔伊斯的《一个青年艺术家的画像》,他把这个故事记在心中。与宗教和自己被压迫民族——有些人不喜欢他的小说和他的姿态——作战的需要,被放逐的需要,创造一种声音,为一个敏感文艺的年轻人创造声音和认知模式的需要,这些是乔伊斯的需要,也是鲍德温的需要。"我在[法国]学到的主要东西,"他后来说,"是关于我自己的国家,我自己的过去,我自己的语言。乔伊斯把沉默、流放和狡诈作为一个维持他生活的体系来接受,我也得这么接受——顺便一说,沉默是最难懂的部分。"

如果鲍德温一本书接着一本书地重塑他自己种族的良心,他的编辑和评论者将会十分欣慰。然而有两件事吸引了他的注意力,并打断了他在1955年出版《土生子札记》后或许前程似锦的事业。第一件事是他自身的性取向,第二件事是民权运动。

1951年,鲍德温发表了一篇早期的短篇《郊游》,那至今仍是他最好的短篇之一。在《向苍天呼吁》中出现过的教会团体坐船出行,沿着哈德逊河逆流而上。小说写了一群教会里的少年。结尾如下:

> 回家路上,大卫似乎心事重重。他找到约翰尼时,发现他正独自坐在顶层甲板上,在夜晚的空气里轻轻颤抖。他坐到他身边。过了一会儿约翰尼挪过来,把头靠在大卫的肩上。大卫伸出双臂搂住他。可是曾经的祥和之地,如今只有惊痛,曾经的安全之地,危险正像一朵花在绽放。

在1951年,这是危险的界域。当时鲍德温与一个寓居巴黎的瑞士人吕西安·哈伯斯博格谈恋爱。尽管哈伯斯博格后来很快结婚,鲍德温依然在余生以各种方式与他保持来往。这两人的关系、鲍德温与许多女性密友的关系,以及格林威治村和巴黎的那种性模糊和不诚实的大环境,赋予鲍德温《乔瓦尼的房间》一种氛围。"特别是,"大卫·利明在他的传记中写道:

小说反映了他与自身性模糊的角力。正如［小说中］的大卫，他也订过婚或差点订婚。他也……曾试图说服自己是异性恋。但与大卫不同，他主动接受了乔瓦尼房间所代表的真实，也就是吕西安这个人所带给他的真实，他这部小说是献给吕西安的。讽刺的是，结婚的人是吕西安，此后多年屡次拒绝去那间房间的也是吕西安。吉米曾把他叫去那里，在吉米眼中，吕西安就是乔瓦尼的大卫。

对他纽约的编辑们而言，推出一个黑人作家是一件大好事，但推出一个黑人同性恋作家是不可能的。而且在鲍德温的第二部小说中，没有一个人物是黑人。没有提到任何"黑人问题"。三十年后在一篇《巴黎评论》中，鲍德温说："性-道德是很难写的。我无法在同一部书里处理两个主题。"克诺夫出版社拒绝了此书。鲍德温的代理商建议他焚毁此书。"我投出这部书时，"鲍德温后来说：

> 被告知我不该写这书。被告知我应该谨记自己是一个有一定读者群的年轻黑人作家，我不该疏远我的读者。如果我出版此书，它会毁了我的事业。他们说，他们不会出版的，那是为了我好。

然而伦敦的迈克尔·约瑟夫同意出版《乔瓦尼的房间》。后来纽约的一家小出版社戴尔出版社也愿意出版此书。它初版是在1956年。

《向苍天呼吁》和《乔瓦尼的房间》都宣告了鲍德温的独立。首先，他戏剧化了黑人区一个黑人家庭的命运，但他并没有把命运写成生为黑人就注定会遭遇痛苦和悲剧。正如乔伊斯的《都柏林人》是爱尔兰文学史上的里程碑，此书也是美国文学史上的一块里程碑。《都柏林人》没有把它的人物命运写成仅仅由爱尔兰历史、内战和爱尔兰文学中的英国因素所塑造。乔伊斯的人物和鲍德温的人物都深受内心之苦。

为了把人物的特质、内心的魔鬼置于中心，鲍德温不写种族关系的寓言故事。他这一"不写"理论早在《向苍天呼吁》前就出现在两篇随笔中，即《每个人的抗议小说》(1949)和《成千上万的人走了》(1951)。两篇都针对理查德·怀特的小说《土生子》。

> 比格［黑人男主人公，在书的末尾犯下谋杀罪］的人生是被他的仇恨和恐惧所控制和定义了的。后来他的恐惧驱使他谋杀，他的仇恨驱使他强奸……在我看来，小说背后隐藏着对这种恶魔行径的褒扬，虽然在书里是被毁灭了的。

在内容指涉丰厚的随笔中，鲍德温将《土生子》归类为抗议小说，说在此书中：

> 混乱的环境，原因不明、不可理喻的灾难……都引导我们认为，在黑人的生活中没有传统，没有风俗，没有仪式和交流的可能……可事实上，并不是黑人没有传统，而

是没有足够深刻和强硬的感悟力来描述这种传统。

在写《乔瓦尼的房间》时，鲍德温再次强调，他有足够深刻和强硬的力量来宣布自己的独立，与他人可能声称的他因自然属性而归属的那个传统划清界限。在法国，作为一个黑人来写一部主要人物是白人同性恋者的小说，是一种勇敢的政治行为。然而将谋杀作为同性恋的核心情节，对同性恋的影响，正如他所批评的怀特描写黑人的方式，即给一个流行观念煽风点火，使之骇人听闻。无需说，当时并没有人指出这点。

鲍德温在最佳状态时拥有两个声音。一个是他处女作和《另一个国家》开篇中的第三人称叙事。文体缜密，单一意识得到极大注重，语调是冷酷的。另一个是他自己的第一人称声音，他在随笔中的声音。这个声音真诚，在对付艰难的真实时它有一种迫切的姿态，但它也是个人化和私密化的，它低声细语，拐弯抹角而不是制造声势。

第二个声音的力量使鲍德温为其小说人物所创造的第一人称声音相形失色，显得没有那么急迫和复杂，这些作品包括《乔瓦尼的房间》、《告诉我火车开走了多久》(1968)、《假若比尔街能够讲话》(1974)、《就在我头上》(1978)，以及《去见那个人》(1964) 中的几个短篇。即便如此，《乔瓦尼的房间》因其极为简单的剧情和强烈的视角，仍然不失为一部有力的杰作。最后它处理的题材与《向苍天呼吁》一样。其实很难想象有两部以同等严肃性和急迫性处理这一题材的小说。这一题材是肉体和性欲，是背叛与欲望之间如何亲密，是身体的真实与思想的谎言之间如何遥远。鲍德温与其他同性恋作家一样，不会把一切都想当然。性欲使他被告知，他应该焚毁他的书。他的肤色创造出一种观察每个词语的内心需求。他的智慧、他的才思、他对爱的渴望触及历史和这个世界的坚硬之处，触犯人们对一个黑人和一个同性恋者的偏见。他的小说中的一切都浸透了这一事实带来的感伤。

他的宗教背景和自身的性取向赋予他肉体与魔鬼这一宏大题材。此外他作为家中的长子，作为兄弟姐妹的长兄，以及作为局外人的身份——作家、同性恋者、失去父亲者，能够解释他的另一个宏大题材：他的作品中特别浓烈的手足之情。他小说中的这种爱特别强烈和集中，因为兄弟们目睹了彼此间的自我毁灭和痛苦。

他在1970年的一次采访中说：

> 我的家庭救了我……我的意思是他们让我忙于照料他们，帮他们驱赶老鼠、蟑螂、处理掉下来的灰泥，还有各种各样穷人家的事，让我没空从屋顶上跳下去，或者去吸毒酗酒。贫民区就这样……我的家庭状况总是鞭策着我，掌控着我。我想成名发财，让别人都不敢把我家人再赶出去……我生活中最重要的就是我的兄弟姐妹，还有我的侄子侄女。

从出现在他的第一篇小说《大岩石》中的那对兄弟约翰和罗伊，到《向苍天呼吁》，从短篇《桑尼的蓝调》到《告诉我火车开走了多久》,鲍德温笔下的兄弟情犹如古希腊悲剧中的预兆一般不可或缺,犹如《桑尼的蓝调》末尾"颤抖的杯子",一个兄弟身体垮了,另一个身体健壮,却只能眼睁睁地看着。因此《告诉我火车开走了多久》中的凯莱布被毁了,但在小说中的剧情是在他弟弟即叙述人眼中发生的,弟弟对他的情感比爱更强烈,因为这份感情深知在妥协之中包含了失去和悲剧命运。《另一个国家》也是如此。如同安提戈涅进入剧本①,鲍德温的伟大创造之一伊达进入这部小说,是因为对兄弟鲁弗斯的爱。她也成为他噩运的见证人。在鲍德温的小说中,炽烈的亲情令人震动。它被描写得如此刻骨,在他大多数小说中(包括在其他方面失败的作品),都被精心调遣和调控,成为他小说的重要成就,这也能说明为何他的作品经得起细读。

1957年,《乔瓦尼的房间》出版后,詹姆斯·鲍德温去南方写种族题材。1959年冬,《无人知晓我的姓名》发表在《党派评论》上。"去年秋天,"他写道:

> 我的飞机盘旋在乔治亚州红土地的上空。我年过三十,之前从未见过这片土地。我把脸紧紧贴在舷窗上,看着大地越来越近。我们很快就降到了树林上方。我有了一个压抑不住的念头,这片土地是被从这些树上滴落下来的鲜血染红的。我眼前出现了一个黑人的形象,他比我年轻,或许和我一样大,他吊在一棵树上,而白人一边围观一边用

---

① 指的是索福克勒斯的剧本《安提戈涅》。

刀子砍下他的性器官。

鲍德温写过，他受到的影响包括"黑人讲话中某些反讽的、暴力的，以及一直有所保留的东西"。现在讽刺和保留都没有了，只剩下暴力、情节和真切的悲痛、恐惧和预感。北卡罗来纳州的夏洛特县，"一个十六万五千人口的小镇，我去的时候那里正在发生骚乱，因为在五万个黑人中，有四人被送进了之前只收白人的学校，一人送进一个学校"。鲍德温那些年的文章中有两种语言，一种是报道文学的，另一种是小说家和布道师的语言：

> 在亚特兰大郊区，我第一次感觉到这些南方的风景——树林、寂静、流动的热度，以及那些总是看着像是远道而来的人——似乎是为暴力所准备的，似乎就像是渴求着暴力。在一个南方的夜晚，何种激情不能在一条黑暗的路上释放！一切都显得那么有情欲，那么倦怠，那么私密。欲望可以在这里施展开来，就在篱笆后面，在树后面，在黑暗中，没有人会看见，没有人会知道。只有黑夜注视着这一切，而黑夜也是为欲望而来。

应该设想一下这第一趟的旅程对鲍德温的影响，他所感到的恐慌和忧惧，还有那种感悟——无论他在巴黎和纽约生活得多么自由，他的命运及其国家的命运总是在南方苦情地展开。他的某种性格，他对阴暗的戏剧性的重要天赋，在南方找到了对应。

作为一个小说家,他应该转身离开,因为十多年后的民权运动将会占据他大量严肃的想象力。鲍德温再也没有写出成功的小说。这也许还有其他原因,早期作品带给他的名誉和金钱,使他可以在其他地方生活,而不是局限在一个单独的房间里。还有,他在接下来的一部小说《另一个国家》中尝试形式写作,在八十页后把主人公杀死了。这部小说多处显示,它是在很长时间内,在许多地方零星写就的。在小说开篇处,我们看到的是一个至为专注的小说家鲍德温,但结尾处他的心思却在其他地方。

不难想见,他应该回返巴黎,余生在一个安静的地方创作小说,应该一边在双叟咖啡馆喝着饮料,一边展读《先驱论坛报》上的时事新闻。理查德·怀特留在巴黎。拉尔夫·埃利松和兰斯顿·休斯也没有涉足民权运动(埃利松对鲍德温的参与颇有非议),正如布莱恩·费里尔和谢默斯·希尼这样的作家也避免积极参与1972年后的北爱尔兰公众活动。"原谅我在这方面的胆怯谨慎。"希尼后来写道。然而鲍德温的想象力始终与他的家庭和国家的命运紧密相连。他缺乏变通和警惕。他发表《乔瓦尼的房间》和去巴黎那时候所表现出来的决绝,已经对他无济于事。不可避免的,以他的好奇心和道德严肃感会想要参与进去;不可避免的,以他的敏感和脾性会对这些事很投入,会受到震慑,最终会被伤害。

鲍德温对民权运动的积极参与,并没有使他在同族人中如鱼得水。民权运动圈子比外面的世界更敌视同性恋。运动的领军人物中有俩人明确为同性恋者。一位是鲍德温，另一位是贝阿德·拉斯丁。拉斯丁比鲍德温大十多岁，1941年前是共产党员，之后加入贵格会。在战争中，他因为拒服兵役而入狱。早在1942年，他就因为拒绝遵守种族隔离法而被警察殴打。1947年，因参加种族平等大会所阻止的自由乘车运动，他在北卡罗来纳州拴着铁链服苦役二十二天，他生动描述了那段令人不寒而栗的经历。他总共被捕二十四次。他一直奉行非暴力原则，这使他接近马丁·路德·金。他阅读广泛，风趣幽默，金与他交情很好。他协助组织了1955年的蒙哥马利巴士抵制运动。

1960年，马丁·路德·金威胁说要组织罢工包围民主党大会，黑人区的黑人议员亚当·克莱顿·鲍威尔反威胁说，如果金不解散罢工，他就告诉媒体，拉斯丁和金曾经有一腿。当时拉斯丁是金的特别助理，也是南方基督教领袖会议驻纽约办公室的负责人。金并没有为拉斯丁说话，他的回应是疏远拉斯丁，直到拉斯丁辞职。

三年后，拉斯丁担任华盛顿游行的副总指挥，他在参议院被斯特罗姆·瑟蒙德弹劾，理由是他曾加入共产党，拒服兵役，是同性恋。瑟蒙德把一份20世纪50年代的关于拉斯丁与他人有伤风化行为的警方记录塞进了参议院的档案。在华盛顿游行之前，联邦调查局曾窃听马丁·路德·金，他们听到了以下谈话。一人说，"我希望贝阿德在游行前不会喝酒"，金说："是的，会抓个小弟来。他一喝酒就会去抓小弟。"拉斯丁因为华盛顿游行的成功而受到很多赞誉。在《火柱：1963—1965金时代的美国》中，泰勒·布兰奇写道："一夜之间，拉斯丁的名字如果还没有家喻户晓,那也至少成为激进媒体争相使用的素材,他之前作为流浪汉、前共产党员和同性恋的缺点已经被忽视或遗忘。"但他之前的缺点仍然让金和联邦调查局感兴趣,金担心这会对运动造成危害。

联邦调查局关于詹姆斯·鲍德温的档案中有这句话:"风闻鲍德温可能是个同性恋者,他看起来也像。"拉斯丁和鲍德温都没被邀请去华盛顿,在游行的最后发表演说。运动中的宗教人士对他们很是怀疑。马丁·路德·金自己并没有因拉斯丁的性取向问题而受到困扰,但他有几个同事对此有意见。如斯坦利·莱文森说鲍德温和贝阿德"更适合去领导同性恋运动而不是民权运动"。

在那几年中,从1963年5月那次与罗伯特·肯尼迪著名的疾风暴雨般的会面,以及次日他在《时代》杂志封面上的亮相开始,鲍德温开讲座,发表演说,上电视,旅行,组织罢工。他几乎什么都没写。唯一一个剧本和一篇短篇似乎都是在那些年白热化的暴力和激烈的争论中创作的。他没有写出他曾以之攻击理查德·怀特的那类抗议作品,他走得更远。他的作品完全是政治性的,他的短篇《去见那个人》则几乎是煽动性的。它是从一个白人治安官的视角写的,此人在小说开篇就对一个黑人女子挑明了自己的性兴趣,然后开始对被他逮捕的一个黑人男孩想入非非,他回想着童年时他父亲加诸他身上的私刑,长篇累牍的描写中有令人无法忍受的细节。他想着想着兴奋起来,叫醒他的妻子说:"来吧,甜心,我要像个黑人一样上你,像个黑人一样,来吧,甜心,你要像爱一个黑人一样爱我。"

小说中充满了鲍德温曾经激烈反对的一切。它所呈现的治安官的人性是一种程式化的种族性，是鲍德温对于种族、性、南方和暴力的观点的没有层次感的直接陈述。显然这一次詹姆斯并没有与这个燃烧的世界拉开距离。

在这个世界中，鲍德温也在承受压力。他不是贝阿德·拉斯丁那样日常与机构联系的民权运动家。他在任何部门都没有人脉。渐渐地，不仅《乔瓦尼的房间》中的兄弟情受到影响，《另一个国家》也是。后者是畅销书，其黑人主人公鲁弗斯是一个有暴力和自我毁灭倾向的人，用黑豹党领袖埃尔德里奇·克利弗的话说，"一个沉浸在白人自杀游戏中的可怜虫，他让一个双性恋的同性恋者操他屁眼，还要了一个南方的恶妇当他女人"。

对于想要加入黑豹党的年轻人来说，鲍德温和马丁·路德·金一样是个问题。埃尔德里奇·克利弗在1968年的《冰魂》中不费吹灰之力地确定了鲍德温的问题：

> 似乎许多黑人同性恋者……愤怒、焦虑是因为在他们的病症中无法与一个白人男人生孩子。他们背负的十字架是，尽管已经为了白人弯下腰触碰到自己的脚趾，种族通婚的果实并不是他们梦想中一个小混血儿，而是放松神经——虽然他们已经加倍努力并吸纳白人的精液。

克利弗在赞扬理查德·怀特和诺曼·梅勒后，写道：

> 我并不认为同性恋在人类进化史上是超越异性恋的最

后一环。同性恋就跟强奸婴儿者还有想当通用汽车公司总裁的人一样,都是一种病。

《去见那个人》和《冰魂》的语言和语调都体现了那个时代的狂热。鲍德温和克利弗只是众多高声中的两个。令人称奇的是,鲍德温在写于1967年至1971年的《他的名字被遗忘》中提到克利弗时,态度却是热情又明智:

> 我对埃尔德里奇印象很深……我以前知道他在《冰魂》中写到了我,当时我还没读过。等我读到时,我自然不喜欢他那么说我。但我还是——我特别欣赏这部书,觉得他是个不世出的人才——认为我能理解他为何觉得有必要提出这一警告:他已经成为城墙上热忱的守卫者,我这么说并不是讥讽。他似乎觉得我是一个危险的怪物、变态、废物,对保守派来说非常有用,但对黑人来说就不可信任……好吧,我也希望我能更了解自己,也希望更了解自己作品的意图,但我确实是一个异类。埃尔德里奇也是,我们所有人都是。

然而在1984年《巴黎评论》的采访中,鲍德温说:"我跟克利弗最大的问题是,遗憾地说,是追随他的那帮孩子来找我,他叫我基佬什么的。"

尽管如此,鲍德温与很多黑豹党成员交了朋友。鲍德温拒绝回应埃尔德里奇·克利弗对他的羞辱,或许是因为从60年代末开始，他就主要住在伊斯坦布尔和法国圣保罗-德-旺斯，他在那儿买了十英亩地的大房子。《他的名字被遗忘》大部分是在远离纷争的环境中写的，这也许能解释他的宽容，如果还解释不了那种散漫随意的语调。

1960年秋，当时詹姆斯·鲍德温正在创作《另一个国家》，威廉·斯泰伦①邀请他搬去康涅狄格他宅子隔壁的一栋房子。斯泰伦后来写道，鲍德温是一个黑奴的孙子，而斯泰伦是一个奴隶主的孙子。显然这里很值得探讨。

> 夜复一夜，吉米和我聊着天，喝着威士忌，从凌晨直至寒意蒙蒙的清晨。我知道我身边这位是我一直想要寻找的杰出的智者……吉米是个心血来潮的人来疯，不少时候闹哄哄地有很多乐子。

鲍德温告诉斯泰伦的那些白人自由派朋友后来发生了什么，他们表示不信，"吉米的脸变成一张沉着冷静的面具"。"宝贝，"他会轻声说这话，炯炯有神的眼睛瞪了回去，"是的，宝贝，我是说烧掉，我们要把你们的城市都烧掉。"

鲍德温和斯泰伦都认为"作家不应受肤色的限制，应该跨越禁区，从另一种肤色的角度来写作。"鲍德温已经出版了《乔瓦尼的房间》，现在轮到斯泰伦了。1967年，他发表了《纳

---

① 威廉·斯泰伦（William Styron, 1925—2006）：美国小说家，曾获普利策奖，重要作品有《躺在黑暗中》、《纳特·特纳的自白》、《苏菲的选择》。

特·特那的自白》,这部书使用第一人称和一个黑奴的声音,大多数黑人作家和知识分子对此义愤填膺。鲍德温支持了他。他的说法——"他开启了一段大众历史——我们的历史"——让他不太可能从黑豹党员中交到朋友。

在那段艰难岁月中,鲍德温始终保持独立,没有跨入任何党派的圈子。虽然在60年代寓居美国时,他曾喝着威士忌度过漫漫长夜,"成为一个心血来潮的人来疯",但他对那段岁月最深刻的记忆,是与他一起游行和共事的人被谋杀。那些年中他发表的作品不多,但目睹运动领袖付出惨重代价的却不少。新闻不时传来令人心碎的消息,在这种情况下,写作长篇小说所需要的长时间的平静沉闷是无可能的。马丁·路德·金遇刺后,鲍德温收到了《告诉我火车开走了多久》的校样,但根据詹姆斯·坎贝尔在《门口的谈话:詹姆斯·鲍德温传》中所述,他没有送还。戴尔出版社的社长去鲍德温家讨论修改问题,"吉米说,随便怎样都行"。

鲍德温的最后二十年大多在法国度过。他于1987年去世时,他的弟弟大卫和他相交近四十年的吕西安·哈伯斯博格陪伴在床榻。"为了让我自己免于一死,"他在1970年的一次采访中谈到,"我最终还是永远离开了……一个人做决定总是那么滑稽,你做出决定时并不知道自己在做决定。我想我做决定之时,是马尔科姆·X遇刺时,是马丁·路德·金遇刺时,是梅德格·埃文斯、约翰、鲍比还有弗雷德·汉普顿遇害时。我爱梅德格。我爱马丁和马尔科姆。我们曾一起共事,有共同的信念。现在他们都死了。你想到这个,简直无法置信。我是最后一个见证人——别人都死了。我无法再留在美国。我必须走。"

最终他没有成为政治思想家,也没有成为像斯泰伦和梅勒那样作品被政治焚毁的小说家。他对灵魂黑暗私密处的空间比对身体政治更感兴趣。相较于任何同时代的美国人,作为艺术家的他更接近英格玛·伯格曼,他欣赏并写过伯格曼。他的随笔引人入胜,因为他坚持书写自我,并迫使公众和政治倾听他的声音,观看他对经验与观察的试验。他感兴趣的是自我,自身隐秘和戏剧性的部分,并愿意在小说中探讨自身内心的艰难真实。因为他是黑人,他得在小说中为他的主人公争取选择或半选择命运的权利。他对内心深处的罪恶、愤怒、苦痛的了解,在某种程度上没有一个同时代的美国小说家能够企及,而这并不仅仅因为他是黑人和同性恋者,还来自他的才赋,来自他的感悟力。"一切艺术,"他写道,"都是一种直接或不直接的自白。所有艺术家,如果想要流芳百世,最终都得被迫讲述整个故事,倾吐痛苦。"

汤姆·冈恩：当下的力量

"名声是作家很难对付的东西，"汤姆·冈恩在他评论艾伦·金斯堡的诗时写道：

> 它令你枯竭，让你觉得自己万无一失，让你的作品自我膨胀。（维克多·雨果就觉得自己超越了耶稣和莎士比亚）这是一种想象力所不需要的复杂情况。

这是 1993 年春。旧金山市中心一个巨大的老市集楼正在举办一个文学节，朗读嘉宾的名单上有冈恩。旧金山是他的老家，但他从 50 年代末就离开了。他第一部写了十一年的书《夜里流汗的人》刚刚出版。主会场里有数千名前来瞻仰他们喜爱的作家的观众。所有的椅子都坐满了，人们坐到了地上。当阿米斯特德·莫潘朗读他的新书并回答关于性别政治的问题时，所有的目光都注视着他。伊莎贝尔·阿连德朗读她的新小说时，众人惊奇地看着她。她读完后就坐到侧厅的桌子旁签售新书。等候签名的队伍排到了隔壁汤姆正要朗读的大厅，所以我们只得等等。听众有四五十人。我们远远听到主会场里吸引观众的另一个焦点声音。

我奇怪的是冈恩居然不是焦点。我本以为那些早期的强劲的诗作——对坚韧躯体的喜悦（"面对自然本真之物，意志应当屈服"）、对写出传世之作的焦虑（"您是一个警告吗，父亲，还是一个榜样？"）、对低阶层生活和道德模糊感的痴迷（"啊，技法熟练的摇滚女郎，戴别针穿黑衣，形貌凶猛，郊区不想要你回来"）、以及对同性恋的各种直笔描写（"然而我只要你一次两次，可能就不想要了"）应该令他成为这里的精神导师。我还以为他近期写给死于艾滋病的朋友的挽歌应该使他成为旧金山文学界的巨擘。

但他大多数的诗作满载隽语和敏思，熟稔数大传统。他在《纪念老罗伯特·格雷高利》中写叶芝"风格中的细致与诡诈"，"如此结尾"是为了"将我们所读到的这个版本之前的一切冲动决定和多篇草稿都拿出来"。大多数时候，他都有一种不偏不倚的美丽语调。他什么都不泄露。他不知道——正如读者也一定不知道——他的诗中包含了多少自我的秘密。在散文集《诗的场合》中，他写到了自己的一首诗《来自一顶亚洲帐篷》：

> 如果我说……我终于能够在诗里写我的父亲了……又能怎么样？我希望这首诗看起来只是它所陈述的主题：亚历山大大帝纪念马其顿的菲利普。

《来自一顶亚洲帐篷》的中间一段如下：

> 你曾在大军面前将我举起；

> 在持续的呼喊声中，我累了
> 滑下你的双臂，你肩上的盔甲
> 触碰到我腿间，竟然一片冰凉。
> 曾经如此。或是我希望曾经如此。

任何人读到这里都会明白，这首诗的这种语调，一方面并不是一首习作或对历史事件的探讨，另一方面也不是单纯的自传。诗中的感情十分真切，无法用一时灵感或经历来解释。"诗的真实即忠实一种可能的想象的感受，而非忠实我的经历。"冈恩写道。

冈恩的经历包含在他的《诗集》中，包括1954年至1992年发表的作品。任何一位同性恋读者看到这段日期，就会明白这对同性恋者意义重大，那些年里沉默被打破了。这使冈恩的作品对同性恋读者尤其重要。

但冈恩的作品对每一位读者都是有吸引力的。那些年中，他从一个英国诗人渐渐成为半个美国诗人，他沉湎于英国16世纪的诗歌节奏，又沐浴在加利福尼亚州20世纪的光辉中。他吸收了抑扬格五音步，有时又尝试更为自由的形式。但他作为同性恋诗人，也在五六十年代为揭开和隐藏自己的性取向而寻找策略。举个例子，《肉身知识》这首诗很有意思，写的是一个同性恋男子和一个女子在床上：

> 我并不是我表面上看来这样，相信我，
> 为了宽宏大量的异教徒，我假装

取代一个分叉的生物,成为你的朋友。
黑暗躺在那里,没有蜷曲,疲软地动弹,
你需要一个能够装模作样的人。
我知道你知道我知道你知道我知道。

"传记的危险之处,同样也是自传的危险之处,"冈恩写道:

> 就是把诗和诗的取材混为一谈,糟蹋了诗……我二十多岁时写过一首诗《肉身知识》,是对一个女孩说的话,有一句反复变化的话"我知道你知道"。知道我是同性恋的人可能会误读整首诗,推断出"知道"指的是说话者更喜欢和男人上床。但这是一个很大的误读,或至少是对重点的严重误置。这首诗其实是对两个完全不同的女孩说的话,并没有明示任何事。一个对作者一无所知的读者或许能更好地理解它。

知道冈恩是同性恋的读者,也可能会把他作品中的克制和中性的语调理解为他在50年代为一个同性恋所打造的面具。这也许代表了对他作品的一种严重误读。其他读者或许会说,他是不是同性恋无关紧要,诗只分好坏,并不存在"同性恋诗"。然而一个同性恋读者和异性恋读者对冈恩的《诗集》可能会有不同的视角。冈恩与托尼·赛佛尔的某次采访有助于解释此事。当被问到同性恋运动是否对他成为作家有所帮助,他说:

是的，我基本这么认为。我早期的书出版时，我还在柜中。我用一种奥登的方式写得很谨慎。如果一首诗指涉到一个爱人，我总是用"你"。我曾以为这不重要，并不影响整首诗。但确实是有影响的。后来我出柜了，伊安·扬把我编入他的男缪斯文选，于是我正式进入公众视野。现在我觉得这不像以前那么关系重大了。在题名诗《杰克·斯特劳的城堡》[作于1973年至1974年]中，最后我和一个男人躺在床上，这事我写得很自然，没有丝毫顾虑。若在十年前，我怀疑会不会把这事写进诗里。我不会考虑这样来结尾。

从莎士比亚到当代的广告，这个世界充满异性恋的意象，以致无人还会在意，但这些意象潜移默化进了至为隐秘的内心深处。同性恋自我隐藏的部分仍然渴求这类被认可的意象，充分认清这种需求之时，正是当这种需求被满足之时，沉默被打破，这句话说出来了，"写得很自然，没有丝毫顾虑"。冈恩的《诗集》展现了西方世界众多同性恋者的经历。在对冈恩很重要的16世纪诗歌——如托马斯·怀特爵士对朋友的挽歌——的语调中，有一种对什么能说、什么不能说的限制感，这种限制感让诗歌有了一种张力和内在戏剧性。冈恩的早期作品追求一种中性的，几乎不带私己情绪的语调，其中就有对这种限制感的尊重。我喜欢这些早期诗作中隐藏的东西。但后来看到冈恩带着新近才有的自由，从一个同性恋者的角度，在如《杰克·斯特劳的城堡》这样的诗中描写可能是与另一个男子躺在床上的

场景,就好比是在看圣母领报①:

> 太湿闷了,我们没盖被子——裸着靠着,
> 脸没对着脸,但臀对着臀。
> 紧密的触碰便是唯一的交流,
> 铰链分开了,但没有分得太远。
> 空气在我们上方流动,平静而冷冽,
> 犹如泳池里绿色的水。
>
> 这个人是不是我给了钥匙的那位
> 他在我睡觉时进了门?还是他
> 只是我梦到的同一个人呢?
> 不,是真的。
> 从城堡外面来的,我能感觉到。
> 美在于是什么,而非看起来像是什么。
> 我转身。哪怕他只是个梦
> ——我蜷着身子靠着的那具流汗的肉体——
> 杰克做着这样的梦,为世界做好了准备。

汤姆·冈恩在这个平台上是热情友好的,但他也保持着某种距离感。他不喜欢自己的声音,他的一部分心思在别处,他不会让我们耽溺过久。他的声音是平静的。当时的诗人都关注

---

① 圣母领报:天使预告圣母马利亚,她将生育耶稣。

他们的焦点和语调，但冈恩关注的是矛盾。他从师于两位谨守教条的老师，F.R. 利维斯和伊沃·温特斯，但他依然对事物持有开放的态度，几乎与教条概念相左。

最后到了提问时间。你总想知道诗是怎么写出来的，而冈恩这样的诗人也总是拒绝回答，他一定会把这个谜留在其自身的技法之中。"我从阅读中借用很多，"他写道，"因为我的阅读是严肃的，它是我整体经验的一部分，而我大部分诗都来自我的经验。"他的阅读和写作中有些东西我很乐意了解。我突然热切地举手提问。

"十五年前，"他在1966年写道，"英国人几乎认为北美不存在任何诗，但现在他们愿意接受任何美国诗歌。"他的散文和评论文集《书架人生》末尾有一篇采访，其中他提到"英国人"认为他的自由诗不好。"我觉得他们其实听不了自由诗。"采访者说。"我也觉得他们听不了。"冈恩说。他说到自己打算在英国出版一本自由诗集。"只是为了气他们吗？"采访者问。"就是为了气他们。"冈恩肯定地说。

他在两本评论文集中都解释并梳理了美国的自由诗传统，试图除去我们这些哪怕是最具爱尔兰性的人身上的英国性。在《诗的场合》中有数篇关于威廉姆斯、斯奈德和罗伯特·邓肯，《书架人生》写到了惠特曼、玛丽安·摩尔、米娜·罗伊、罗伯特·克里利、艾伦·金斯堡，还有两篇关于罗伯特·邓肯。他重印了他对海伦·文德勒当代诗选（美国：哈佛大学出版社，英国：费伯出版社）的评论，这是一部对他"显然毫无价值的书"，因为它缩小了美国诗歌的范围，没有选入查尔斯·奥尔森

("这位诗人其实害怕结束,每个韵脚都是一次排斥")和 J.V. 坎宁安("他视语言为人类选择的面具,每个词都是一次结束,每个韵脚都是一次排斥。")这两个极端。显然,从他自己的诗和评论可知,他爱读这两位的作品,他为他们,也为其他没有入选那部经典的诗人抱不平,但他并无兴趣参加当时盛行的新形式主义和语言诗人之间的讨论。

他为罗伯特·邓肯诗里的想法而振奋,"创作一首开放的诗时,兴奋地失控,就会允许有趣的意外和不可预见的方向"。他写道,邓肯"相信我们所说的意外或机遇的本质。我们在不经意间或犯错之时发现超越我们目标的真正意图……一切都依赖于当下的力量"。到了这时,不太可能不希望伊沃·温特斯甚或是 F.R. 利维斯前来打破这一切。但关于邓肯的文章能帮助我们理解冈恩的那些诗——《喷泉》、《摔跤》(题献给邓肯的)和《威胁》。这些诗对我们这些习惯于诗歌是讽喻、是形式、是反复修改这一概念的人而言,是很难阅读的。《摔跤》的开头如下:

> 日与月之间
> 火与开始之间的
> 对话
> 照亮了的
> 话语背后

这里我的问题是,我不太清楚冈恩在说什么。我不是英国人,但我仍想要一个动词。我不知道自己为何时不时地去读这些诗，也许因为我非常欣赏前后的那些诗，也许另有我不了解的原因，一个让它们没有动词的原因。他是不是想到什么就写什么？这是他推荐邓肯创作的主要原因。对于像冈恩这样淫浸在抑扬格五音步的节奏以及音节形式的人来说，自由体诗和即兴创作的自由一定给了他极大的释放，犹如人到中年开始学习游泳。但他的佳作似乎仍是那些最为用力、也许也是修改最多的诗。

他那些讲究音节的创作赋予他一种密集和平静的语调，并从中创作出了《想想蜗牛》这样的杰作，其他英国诗人和任何美国诗人都不可能写出这样的诗，比如《触碰》，它的开始就是结束。我感觉这些诗在创作中被反复考量，目的是造就一种随意感，易读，没有拉丁语感。

与拉金、洛威尔、休斯，以及希尼不同，冈恩没有贯穿其毕生创作的核心神话或主题。他运用才思创作形式性的、拉丁语感的诗，尝试更松弛、开放和美国化的语言。他那篇关于艾伦·金斯堡的文章写得最为自信，表明他"有种感觉"，金斯堡"更是一个公众人物而不是诗人"；他认可金斯堡的诚实和幽默，同时也认为他缺乏才情，还有其他缺点。他认真研究诗句和段落，他在金斯堡的语言中找到了真正的技巧和准确性，然后以一种罕见的方式把感觉和热忱杂糅起来，认为《许多爱》"在情色诗中独树一帜"。"这首诗是尊崇、敬畏、毫无伪饰的圣洁的节奏和语言。"

让我们回到旧金山，当时我仍举着手。我想知道冈恩是何时读到那些诗的，就是我之前提到的托马斯·怀特爵士为他被处死的朋友所写的挽歌，那些直到60年代早期才得以出版。它们在许多方面都很接近《夜里流汗的人》的最后一部分。他在一篇书评中提到过这些诗。他显然熟读这些诗。这些诗的语调直抒胸臆，满怀悲痛，没有花哨修饰的空间。它们是否对他很重要，是否有助于他写作《夜里流汗的人》中的一些诗？他对这个问题很慎重。他思考了片刻说，他在开始创作自己的作品之前读过其中一首，也许是两首，他紧接着说，但影响是一件很难说的事，有些事有影响，有些事没有，这不好说。他笑了笑，表示回答结束。他要走了。

评论怀特和其他人的那篇文章《陷入时间》被收入了《书架人生》。冈恩引用了《缅怀智者》：

那么再见了，每一位心怀智慧的人。
斧子已经到来，你们的头颅在大街上。
泪水落下我的双眼，在我脸上流淌，
我无法落笔，我的纸张已经濡湿。

他评论说：

斧子的任务已经结束，他们的头颅被陈列出来，但这两句写得十分轻柔，几乎有种亲和力，这增加了字里行间的恐怖……被轻描淡写的力量满溢出来，成为后两句的证言，令我们读到这一意象时如见真实，换种情况，就可能会因为轻描淡写而显得平庸无奇。

"我无法落笔，我的纸张已经濡湿。"这句在其完美的平常中经久不息，如果你知道死者是叛徒，它会显得更为有力。这首危险的诗被藏起来，在四个多世纪中不见天日。冈恩对死亡抱有极大兴趣，如果你仔细读过他的某些诗和文章，就不难发现《夜里流汗的人》诗集里的想法早在他事业之初就有了。他在评论金斯堡的文章中赞扬了死者在梦中回返的那些诗，并在括号里补充说："他们对我们都是这样的，不是吗？"他们也许是，但在冈恩的诗《安心》中，鬼魂般的存在及其给人的感受似乎都莫名地比我们曾经所见所感的一切更为真实：

> 我们看着你死去
> 大约十天后
> 你从梦中回返。
> 你说你现在好了。
>
> 这是你，虽然
> 你又重新长出血肉：
> 你一个个拥抱我们，
> 露出你亲和的笑容。
>
> 为使我们心安，
> 你如此善良。
> 是的，我的心灵
> 已感到安宁。

这是冈恩的简淡风臻于完美之作。这语调恰如叶芝的《政治》、拉金的《树》、伊丽莎白·毕肖普的《十四行诗》，都是从一首小诗中产生突如其来的感悟。冈恩的写法似乎总是一方面信任韵律，一方面又随时准备在必要时削弱韵律，就像是民谣或哈代的诗那样。在《诗的场合》中他评论过哈代作于1913年的诗：

> 他刻意将自己的失去写得很重要，因为这也是其他人的失去。它并不是一首个人的诗……他一定是一个真正谦卑的人。他的第一人称就像一个人类模范，几乎不露个性，也不求独特。

这篇文章写于1972年。现在类似的话也可以用来评论冈恩对死于艾滋病的朋友的哀思。

他在《书架人生》中详细论述了罗伯特·克里利的诗《世界》。诗中一个男子和妻子睡在床上，梦见她死去的哥哥的鬼魂："我想要能令你安心"，诗如此开头。

> 我想要说，一切
> 都好，她生活
> 美满，已经不再
>
> 需要你了。

对我们而言，冈恩首先是位诗人，他熟稔传统与技巧，勤勉用功，注重形式。不难这么说，他运用他的才具，对当下的力量敞开大门，追求更自由更松弛的形式，这种做法来自一个同性恋者对更松弛的生活方式、更自由的地方的追求。另一方面，这或许并非真实。作为批评家，作为诗人，他作品中的宽容或许来自他精神中的宽容，无关他的同性恋性取向，这只是他的另一面，而不是他的同性恋自我特征。

同样可能的是，冈恩诗中的松弛形式来自他在 70 年代加利福尼亚州所赢得的自由。他的杰作《夜里流汗的人》中的那种直接、毫不掩饰、私己感的哀音，来自他所赢得的言论自由之战。然而从怀特到哈代的诗人都曾找到这种语调，他们在伤痛中，在类似于冈恩所承受的处境下也曾使用过，那与同性恋无关。冈恩的同性恋性取向显然引导过他的作品。虽然我们作为同性恋读者，很希望他的诗能触及我们隐秘的灵魂——这种灵魂多少个世纪来无法言说——我们必须明白，他的天赋、他的严肃性、他的智识和宽容，如果能与他的性取向分开的话，对他的诗歌创作同等重要。

延伸阅读：

《书架人生》(*Shelf Life: Essays, Memoirs and an Interview* by Thom Gunn, Faber)

《诗的场合》(*The Occasions of Poetry* by Thom Gunn, Faber)

《诗集》(*Collected Poems* by Thom Gunn, Faber)

佩德罗·阿莫多瓦：欲望的法则

马德里对佩德罗·阿莫多瓦而言，仍是一个神秘、魅力与兴奋交织的地方。但现在当他走在街上，每个人都想与他合影，拍视频，让他签名。我们站在一家户外咖啡馆门口等着付餐费，他不耐烦了。他内心的一部分不喜欢这样，他希望自己在这承载他童年梦想的城市中不这么出名。他吃饭时，有人对他拍录像，后来又有一人不信自己如此走运，上前索要签名。佩德罗神情郁郁，飞快地拿了笔和纸，只想快些了结此事。然后一如既往地发生了一件事。他和他的粉丝对视了一眼，或是说了句什么话，每次都会这样，他的表情展开了，开始说笑，开始表演，想逗乐别人和自己，仿佛刚交了一个新朋友。一分钟前那个想要安静和私密的阿莫多瓦已经进屋了。

那段日子，他很多时间待在马德里市中心附近的公寓里。他无法想象在乡下写作。他喜欢城市，喜欢街上的喧嚣，即便双层玻璃窗挡住了噪音。他就是这样写剧本的，他使用一部分私密、审慎和孤独的自我，无人允许接近的自我，也是几乎无人知晓的自我。

早晨，在他公寓对面的咖啡馆中，他低着头，面无表情。他心里想着事，不想说话。他安静地点了一杯咖啡。但当我提到一个共同的朋友，我二十五年前在巴塞罗那认识的一位画家和演员，他平静而悲伤地说起他的死亡。阿莫多瓦说，我们的朋友是一个画家，但不是一个出色的画家，他真正的才能在于对他的脸和身体的装饰，穿上繁复的五颜六色的裙子，戴上头饰，像塞维利亚女郎一样走在大街上或是参加节庆。我们都是在20世纪70年代晚期认识他的，当时他风趣，特立独行，而现在阿莫多瓦发现我是知道他如何死的，于是我俩都沉默下来。我们的朋友在一次节庆上穿着纸衣服，打扮成阿波罗，有人向他点了一把火，他被烧伤致死。

阿莫多瓦是幸存者之一。从20世纪70年代早期寓居伦敦，到在佛朗哥死后放荡不羁的岁月中与一群狂人在马德里和巴塞罗那交游，这些日子他都走过来了。他了解那些，也思考那些，这在他奔放矜夸的性格、对奇异诡谲的喜好之外，增添了一种忧郁的力量和孤独感。

那些年里他比任何人都更看不上乡村别墅，但如今我们要去的就是那种地方，去佩德罗·阿莫多瓦的乡村别墅，那里距离马德里有半小时车程，位于有安全警戒的新开发地上。他的兄弟也是他的制片人阿古斯丁有两个年轻的儿子，他们喜欢那里的泳池、网球场、台球桌以及自由的氛围。那里适合举办派对和聚会。

房子的外观在郊区高尚住宅区中属于普通，几乎没有特征。但用阿莫多瓦的话说，只要你走到里面，你就能发现在他的电影中看到的东西遍布了整栋房子。花哨的颜色挨着花哨的颜色，各种黄色、红色、绚蓝色。厨房里的冰箱和灶台被涂成橙色。

古怪的物件、普通的饰品和俗气的东西被摆在一起，像是收藏家的获奖藏品。房子本身就是一种娱乐形式。一扇门上有各种十字架，旁边还有各类风格的太阳形装饰。每一件东西都像是因为疯狂而选来的。这就是那个公众人物阿莫多瓦，一个热衷参加派对的人，他显然故意把门厅里那几幅镶黄色相框的家人朋友照片挂歪。他的世界里没有对称。

房子后面是一片光秃秃的地，远处群山起伏，那是卡斯蒂利亚大地上干燥、简淡的色彩。他喜欢这里的私密感，但自然令他困惑、厌倦。他喜欢花园，但自己不愿打理。他说，我要有个花园，但我不会和花交流。他对这个不太可能的想法咧嘴一笑。他喜欢邀请别人来作客，把音乐放得很响，说说笑话。在卧室里，他对着镜子做鬼脸。他说，他正在减肥。（这并没有阻止他次日点了煎蛋和炸薯条。）他在镜子里眯起眼，假装绝望地笑了笑。他说，他不喜欢自己的脸。他的脸有惊人的可塑性，充满生趣。他对着自己皱皱眉，用力耸耸肩，然后准备下楼。

他在作品中运用对立、重复和隐秘的身份。因此当他迈出自家别墅，走进网球场，你就知道他隐藏的某一面出现了。他全然一本正经。他神色严肃，表情纹丝不动。这次他像是一位肩负重任的领英，或是能扭转经济的领导。千万不要在网球场和佩德罗·阿莫多瓦胡闹。

他一开始打球，就能看出他没有风格，步伐和手法没有任何炫技之处。但即便在场上乱打一气，他还是严肃沉稳。他不想浪费时间，他有竞赛意识，他让我们也正经起来，打出我们的最佳水准。他喜欢事情有组织有计划。他的对手称他为

"墙",因为他会把一切都回击过去。他自豪地说,和他对战,就像在受中国式水刑①。他打不出制胜球,也没有很好的技巧,但他非常小心地不出现失误。他几乎把一切都回击过去。他的姿势奇怪,但态度极其认真。他韧性十足,精力充沛。如果你打出了制胜球,他也不会露出失落或不快的表情,只是去把球捡回来继续打。什么都无法让他乱了方寸。如果你要评价他在球赛上表现出来的性格,你会说他是个谨慎而稳定的人,几乎可以说是无趣。他不冒险,一步一个脚印,你会联想到一个沉闷乏味、做事机械的工人。几场比赛过后,你会毫不犹豫地招募他为你的会计师、你的项目经理。

他小时候总爱唱歌。他在西班牙乡下长大,1951年生于一个被他形容为偏僻、清苦、朴素的地方,他记得悬挂在床上方的圣母像和十字架,还有一些家人照片,那是宅子里唯一的装饰。十岁那年他成了学校里的明星。晚上同寝室的其他男生都脱衣上床时,他的任务是给他们读《圣人的生平》,他还记得那些阴森、血腥和打斗戏很多的故事,他很留意那些特别的、真实的肉欲场景。他读殉道者、圣徒的故事和读冒险故事一样津津有味,他还在午餐时间在讲台上给全校朗读。他是唯一一个被选为这种场合的朗读者。他喜欢格列高利圣歌,唱拉丁语弥撒,他喜欢一切与表演有关的事。但他不喜欢神父,也不喜欢

---

① 中国式水刑:据说是一位15世纪的意大利律师从中国"水滴石穿"的说法中发明的刑罚,使用方法是用水缓慢并持续地滴落在受刑者的头上,制造一种漫长的折磨。

他的宗教教育。

他的叛逆始于青春期。他和外界的联系来自电台和流行杂志。在一个高压的严守教义的世界里，他的长发令人惊诧。他想要去城市，但他的父亲为他在银行里找到一份工作。在那个年代的西班牙，如果你找到一份工作，就足以称幸，不必挑挑拣拣了。那场与父亲的战斗他迄今记忆犹新。他说，他不理解我，他不知道怎么使用自己的权威。但佩德罗·阿莫多瓦确信自己该怎么做：他要去马德里，他当时就知道自己想拍电影。

他仍然沉浸在马德里早年岁月的纯粹欢愉中。他从唱片和电台上知道那里有个歌手，他知道她住在城市里，他非常需要她沉厚的音色，粗犷的、充满激情的能量，以及那种带着痛苦、创伤和无尽失落的感觉。她的表情是一种治愈或救赎，他喜欢这个想法。她骄傲、孤独、悲伤中的纯粹力量，对这个初到大城市的少年意味着一切。这位歌手名叫查维拉·巴尔加斯，佩德罗到处找她，他逢人便问她在哪儿，但她已经离开了。是的，她曾经在这座城市里，但如今已无踪迹。他心头萦绕着她的歌声，不停地找她，但她消失了。

在20世纪60年代末的马德里和巴塞罗那，年轻人的行为举止就仿佛1939年内战末期以来的独裁者佛朗哥已经死了，虽然他直到1975年才正式死亡。然而正在阿莫多瓦要去上电影学校时，佛朗哥关了学校，这使得他只能走自学之路，并形成了自己的风格。佩德罗与圣安娜广场周围街道的嬉皮士和反文化宣传者们混在一起。他看了他能看到的所有电影。他写诗，写小说，结识剧院里的人。"我，"他说，"还没从那段时间恢复过来。"

但他讲的两个故事能展现他的另一些方面，披露他至关重要的刚硬、决心、顽固、自律和想要出人头地的意愿。更无需说他的魅力。那个年代的兵役对任何人都是谈之色变。如果你谈了恋爱，或者混在嬉皮士圈子里，那么就会被拖去剪一个可怕的发型，并在军队中服役一年。所有人都憎恶此事，而阿莫多瓦的反应尤其强烈。

他把它形容为彻底的噩梦，他的应对则是给自己裹上一层外壳，锻炼自己并做好准备。他有十二个月没和任何人说话。那个曾最得神父的欢心、在同学间最受欢迎的小男孩，那个曾与他的父母言归于好并在马德里广交朋友的少年做出了决定，不让任何人认识他。不仅不让官员认识他，还不让在军队服役的其他男孩认识他。他不理睬任何人。他说，当时他在读普鲁斯特。他厌恶寝室里关于性的聊天。"我对所有的仪式都感兴趣，"他说，"特别是天主教像演戏一样的仪式，但我不喜欢军队的仪式。"当时他没有朋友。

他在马德里做过多份工作，但最后为了国家电话公司的工作去参加笔试和面试。为了面试，他藏起自己的长发，用发油把头发缠成髻，但当他上岗时，无人愿意和他一起干活。长发仍被视为丑事。他说，他们能力有限，不能因为他留长发而解雇他。他喜欢这种危机，旁观他们焦头烂额地想办法，他乐在其中。他说他并不想拖任何人下水，但也不想剪掉头发。终于有一人放宽了心，同意与他合作。他说，两个月后，他赢得了其他人的心，他们都开始喜欢他，尽管他还是留着长发。

他的工作是把旧的电话机换成新的。好事是，他因此遇到了一群新人类，他们愿意帮助他成名。当城市中的每个人都在社会变迁中经历某种身份危机，独裁即将结束之时，他见到了之前不曾认识的西班牙中产阶层，有机会研究马德里的中产女性。一部新电话机是一个新的自我在新的西班牙的重要成分。老式的黑胶木电话机属于黑暗时代。

他用自己的第一笔薪水买了一部超8相机，一有机会就展示他拍的电影。他的作品与众不同，别人拍的是含糊的、附庸风雅的概念电影，他是讲故事。从一开始，无论放映场地多小，他都能让观众放声大笑。他在玩超8的人中因为过于平民主义而脱颖而出，但一旦他开始拍全长的电影——他还在电话公司时就拍了第一部电影——他就在其他痴迷内战的西班牙制片人中脱颖而出。他的内战是与父亲之间展开的，当他环顾周围，一切都那么有趣，马德里即将精神崩溃。当他终于离开电话公司时，他们告诉他，会为他保留岗位，他随时可以回去。

埃琳娜·贝纳罗奇是一个让皮大衣重新在西班牙风行起来的女人。当她站在马德里市中心附近公寓的门廊里，俨然就是一个派对主人。她的起居室是一个派对主人的梦想，她今晚的宾客名单将进入所有西班牙报纸的名流栏目，名流杂志《你好》会为此事发两页版面。

派对是为设计师让·保罗·高提耶举办的，但也是以此为由聚集马德里的各种重要人士，期待会有何效果。前社会党首相费利佩·冈萨雷斯携妻子卡门·罗梅罗来了，佛朗哥将军的孙女卡门·马丁内斯·波尔迪乌也来了。阿莫多瓦来了,还有许多西班牙电影界的人。走进房间的都是演员和模特。有人指出某位是新近崛起的西班牙电视明星,还有刚从古巴来的漂亮年轻人。作为《你好》的忠实读者,当我看到某个女人走进来,我倍感振奋。她叫伊萨贝拉·普赖斯勒,是西班牙头号名媛。她的神秘和魅惑力部分因为她并非演员和表演家,她常现身于名流杂志和期刊封面。每个西班牙人都能列举她的丈夫名单:首先是歌唱家胡里奥·伊格莱西亚斯,然后是马奎斯·德·格雷森,现在是政客米格尔·博耶尔。

她从人群中穿过,所有人都看着她,看她的皮肤多么光滑清爽,面容多么年轻,她看上去多么与世无争,又是多么娇弱。派对的气氛热烈起来。

每次我找阿莫多瓦时,总是发现他在与同一个女人聊天,有时边聊边笑,但每次我望过去,他立刻恢复他极为严肃的工作姿态,他和他那位女性朋友立刻被锁定在深沉的谈话中,仿佛他们听到了彼此的表白,或是在探讨他们的返税。这位女子约莫七十多岁,矮个子,灰白色短发,棕肤色,她的目光在整个房间里是最为警觉和活泼的。她周身缠绕着巨大的悲伤和强大的力量。

我知道她是谁,因为早先佩德罗已经把事情告诉了我。她是查维拉·巴尔加斯,是他小时候所沉迷的那个声音,是他初到马德里时苦苦寻觅的那个女人。她已经二十五年没有唱歌,其间她在墨西哥的生活起起落落。("墨西哥已经没有好的龙舌兰酒了,"佩德罗说,"已经被查维拉喝完了。")然后这位被佩德罗称为痛苦的女祭司回到了马德里。他说,这是唯一一次,我的名声有用了。他开始让查维拉再度成名。他带着她去各种小场合,介绍她,让人听她唱歌。他让她出演他的电影《基卡》和《我的秘密之花》。她的声音和以前一样准确和富有表现力。佩德罗说,她的脸就是一张原始神的脸。现在你走进一家马德里的唱片店,会发现她的老作品都再版了,新作品也都在售。她成了明星。

现在她要开喉唱了,佩德罗也要与她合唱,一起开个头,他们需要在拥挤的房间里腾出一片空间。我环顾左右时发现另一位西班牙大歌唱家马蒂里欧也带着她的儿子劳尔一起来了,劳尔总是用吉他为她伴奏。我端着一大杯饮料坐在钢琴旁。费利佩·冈萨雷斯也坐过来听音乐。

查维拉的声音从伤感的低声到沙哑的高声。她全心全意地唱着,一群人聚集在她身边。有几首唱的是无法言说的悲伤。佩德罗的目光对她须臾不离。他很高兴,他喜欢这种情节剧,有时他似乎在指挥她,朝她微笑,做手势,像是要把歌从她体内引领出来。他似乎在说,再来,再给点感情,再多些。她看着他,淡淡地笑笑,回应他的爱意。

接着发生了令人吃惊的事。查维拉唱起了一首更为悲伤的歌。歌词说的是,如果你离开我,你就会毁灭我的世界,而查维拉唱出这句的感觉像是她的真心感受。我把佩德罗的表情看得很清楚,他快要哭了。他追随着歌词,仿佛一切都系于歌声。他的脸像是一个孩子的脸,他像是孩子听故事一样听着歌。他让歌声进入他的灵魂。前几天他一直对我抱怨他自己的外貌,说他多么讨厌自己的样子,但在这首歌接近尾声,查维拉唱出最后一段("如果你离开我,我会死去")时,他有种无法言喻的美。她唱完后,我发现为查维拉伴奏吉他的马蒂里欧的儿子眼中含着泪水。我希望此夜永恒。

此夜确实如此。到了两点半,埃琳娜·贝纳罗奇起了个头,所有人都勇气十足地把埃琳娜的红色康乃馨朝查维拉、马蒂里欧和劳尔扔过去。每个人都高呼着再来一首。侍者还在供应饮料。伊萨贝拉·普赖斯勒越发神秘而难以捉摸。后来大约又过了一个小时,我看到她与查维拉在进行一番长谈,似乎聊得很是亲近私密。我特别想知道她们在聊什么。但此刻佩德罗仍在望着他的老朋友,而她已经超越了自己,张开双臂,喊出她的愤怒和激情。

在一个权贵、丽人济济一堂的房间里,他一整晚没有对其他人多看一眼。现在时间很晚了,不时有穿插进来的即兴表演,佩德罗对这些没有耐心。他复杂性格中的所有方面都呈现出来:他想要指挥查维拉·巴尔加斯,他想哭,他想重回他的少年时代,他一直望着这个让自我表达和自我创造臻于完美的坚强的女人,他无法让这场演出不被打断。我看着他端详这个场景。我看着他意识到这一晚最好的时光已经过去。我看着他做出决定,接下去要做什么。我看着他的脸变回那个严肃决断、喜欢掌控混乱但讨厌失控的幸存者。他很快离开了。

马克·多蒂：寻求救赎

"HIV阳性"和"艾滋病"这样的词没有出现在马克·多蒂的《我的亚历山大》(1995)的任何一首诗中，但它们盘旋在字里行间，把控着几乎所有诗的语调。《天堂海岸：回忆录》出版后，我们得知写作这些诗的时候，多蒂的男友沃利·罗伯兹感染艾滋病，生命正在渐渐流逝。那段时间多蒂还写了一本日记，其中一些他引用在了回忆录中。《天堂海岸》写了沃利病情的每一步变化，勾勒出一幅平凡和奇迹——如果我能把这个词用在沃利之死上——共存的图景。因此这些诗不需要讲故事，不需要依赖医疗细节和事情发生的日期。它们极力寻求能够描述疾病的意象和节奏，寻求能够容纳它的方案，尽管是以断续和伤感的方式。它们想要描述世上的奇迹，仿佛整个世界都在被这种疾病慢慢吞噬，仿佛即将消逝，一去不返的是自然本身。在《我的亚历山大》的第一首诗《毁坏》中，多蒂唤起了罗伯特·洛威尔的灵魂。从多首诗中都能看出洛威尔凝练的词法——多蒂称之为他的"无情的力量"——还有洛威尔把形容词堆成柴堆，点起一把火，把诗烧进纸页，唤起《旧约》的那种兴趣。如果他能够的话，还会写作他自己的《旧约》。

多蒂的诗是一片富饶的土地，它们歌颂丰裕。在《翅膀》

中,他和他的同伴找到了一片荒废的果园,"平伏的长草"正在"吞咽"被风吹落的果子。在同一首诗中:

> 拍卖人举起了锤
>
> 这朵琉璃百合花
> 离开了它的饰盘,
> 现在是贝母长柄眼镜

"有些日子,"他写道:

> 事情生出
>
> 我们所能目见的优美和复杂

这些诗的风景极度丰富,几乎过饱,充满救赎与美的意象,这一物质世界即为多蒂的"永恒的丰收"。在同一首诗的另一段落中,他和他的同伴看到一场艾滋病拼布展上有"难以想象的名单",有些展板把衣服、牛仔裤和衬衫缝到拼布上。

> 人看不到过去
>
> 这个袖子曾是两条胳膊的
> 所在,那地方肩膀顶着缝线,

> 有人清楚地知道
>
> 这些缝线如何压着皮肤
> 这些无法推演得知,但它却是,
> 无可追回的你,或你的。

这里这个声音奇怪地停顿下来,停在"所在"和"却是"上。在这些诗中,多蒂把这两三年中发生在他身上的痛苦都写进了这些诗句的架构中。

有时候他将故事中一些片段写进诗中,如《1981年的日子》中他的初次同性恋性经历,《雾》中沃利的检查结果呈阳性("我想说这世上的任何别的事,任何别的话")。但大多数时候,对他恋人之死的指称并不明晰,而是隐藏在文本中,并因此显得更为有力。有时这能帮助我们了解背景,读过《天堂海岸》后,就会知道某一首诗的背景,比如《哈佛博物馆中琉璃花和水果的器皿收藏》,结尾处是吹玻璃的意象:

> 一件艺术品
> 被吹成物体所能有的柔软形状,
> 在它们消失之前,多么美好。

即便了解这些诗起伏无定的感伤背后的事实,了解为何创造这些纯粹的、共有的、强烈的、私密的快乐的意象,以及对超越的永恒追求,并不会夺走诗的神秘感,也不会夺走诗的重点，即在创作中如何将这些意象处理得真实而有技巧。

在《我的亚历山大》中，九月的花园是"欲望制定的法令"。在《亚特兰蒂斯》的第一首诗中，多蒂问："毕竟，描述是什么／只是被编密了的欲望吧？"现在他能将"死亡中的凶猛"和"困境中的光明"等同起来。这里的语调松缓多了：

> 秋天是一只巨大的
> 用烧焦的乱绸带做成的网
> 她疲惫地松开了身子

这是一支较为松弛的乐曲，有时可说是松散。（"整个下午镇上都在等着暴风雨／浅水湾的人正在把／在潮水中颠簸的小船拖上岸"）对早期洛威尔、济慈和《旧约》的呼应已经让位给了对伊丽莎白·毕肖普和威廉·卡洛斯·威廉姆斯的回应。（在一首《大赋格曲》中——也许是《亚特兰蒂斯》中最不成功的一首，有些地方直接参考了毕肖普和威廉姆斯。）有些情绪过于平易。在《描述》中他写道："我爱这一日一万种面孔的语言。"在《造船厂》中：

> 我爱在好圣殿骑士宫
> 尽头的那个造船厂，
> 因为它有着意外强烈的
>
> 刮擦色。

在《致风暴神》中："我爱用潮湿的表意文字/画出游艇。"在《论雾》中：

> 我所爱的
>
> 是极目眺望
> 草原的尽头……

在《残骸》中，"我爱这个证据。"在《来自海岸的信》中：

> 我爱
> 烈红色的闪光，酒会的裙
> 还有皮帽子。

在一些诗中，多蒂把生活中发生的事写得更为清楚——那不仅仅关于死亡和厄难，他笔下带着悔恨（"我希望你在这儿"），成为一个孤独的观察者。但在《大赋格曲》中写到来了一个患阿尔茨海默症的朋友。最终这个词能被提起，魔咒被打破了：

> 这些其中之一，他说，是病毒
> 是一箱子艾滋病毒。如果我把它打开……

在题名诗中，他直接写到了沃利的死：

我发誓有些时候
当我把头枕在他胸口
我能听到病毒嗡嗡地响

就像一只冰箱。

他写到了他和沃利养的那条狗,还有他们居住的普罗温斯敦的周边风景。这些诗有才也有趣,但没了那种强度和高浓度。当你读到《天堂海岸》时便会明白原因何在,多蒂呈现在《我的亚历山大》中的才思已经被转移到了这本回忆录中,他把它用在了随笔而不是《亚特兰蒂斯》的诗中。

《天堂海岸》讲述了多蒂与沃利的生活,以及沃利的死,语调是沉思的、安抚的、积极的,几乎贯穿了宗教感。很难想象在纯宗教作品之外,还能有另一本书用如此尊重、宽恕和敬畏的语调来处理回忆、死亡、疾病、爱与自然的题材。多蒂身上有非常典型的美国性,他从不放弃一切都有意义的这一希望,他一再让普罗温斯敦的周边风景启迪他的故事,为他和他的恋人提供救赎。如果必须的话,他愿意写得很美,愿意用他的语言去尝试遥远的一切。

退潮时这里很干燥,大片网格状的沙地,一丛丛顽强的绿色海薰衣草,长在潮汐河河床边的野草低伏之时,舒展的叶片映照阳光,闪闪发亮。每天两次涨潮时,这片荒地消失在水中。这是一场持续不绝的启示。在一个剧烈变动的舞台上，沙地变为海，又变为沙地。

类似的场景不时在诗中出现，但大多时候都是在散文中更好。举个例子，在一次波士顿的圣诞节，他们打开窗子，风把圣诞树上的小雪花刮得满屋子都是。在《女歌手》中是这样写的：

我们被一场

书房大小的暴风雪裹挟，
雪花落在你的袖子和发间，以及
一切将我们分开之物，但旋即

又被这场最温暖的风雪中
突然间来临的美所弥缝

在《天堂海岸》中：

我们被包裹起来，停在纸片一般轻的震颤的心中。我们的房间已经感受到外界的冲撞和喷吐，但似乎仍然置身于空间和时间之外。在回忆中，那场雪还在回旋，在暴风雪的中心，我们笑着，惊叹着，爱人们突然惊觉，将他们分开，让他们困扰的事情是何等微小，他们所经历的这一场雪花纷飞是多么可爱。

虽然这本散文集追求的是超越，但仍有一些文笔平易，描述精妙的片段，包括多蒂和沃利第一次见面，随后在波士顿的同居，多蒂在沃利死后再访那栋楼，发现几乎空空如也（"在1981年，这是一栋装满同性恋男人的房子，而如今它里面空无一人"），还有他们突破重重困难，在佛蒙特郊区共筑爱巢，以及移居普罗温斯敦，喜欢上了室内装修，并为未来做打算。后来在1989年5月，他俩都去做了检查。沃利的结果呈阳性，进入死亡阶段。

> 1989年5月末，工作日上午九点，来告诉我们检查结果的公共卫生局的员工把这个世界炸成两半。

多蒂用纤细入微的笔触描写死亡过程，给任何一个可能的时刻罩上光环。

> 普罗温斯敦，1990年。宇宙、上帝、仁爱给了我们生命中无与伦比的秋天：泛着十月温暖阳光的灿烂日子，似乎永不会结束。

沃利渐渐瘫痪。他没有罹患与艾滋病相关的大多数病症。有几次多蒂对医生们发火。他很好地描述了无数前来帮助的人。狗、湿地和海总是带给他极大安慰，但他从写作本身所得到的孤独中却有一种强烈的脆弱感，那也许来自新英格兰，来自对里尔克、卡瓦菲斯和《约伯记》的阅读。这本书一直在努力安抚黑暗和绝望，这却给予读者们更大的感触。大自然是空茫的，不会给人慰藉；病毒除了制造无意义的痛苦之外，就没有意义；死亡是一个黑洞，种种可能性未曾述以趣味，更显得入纸三分。

延伸阅读：
《天堂海岸》(*Heaven's Coast: A Memoir* by Mark Doty, Cape)
《亚特兰蒂斯》(*Atlantis* by Mark Doty, Cape)

再见，天主教爱尔兰

60年代早期，我七八岁时，演员米歇尔·迈克莱莫伊尔来到恩尼斯科西——那是我们居住的爱尔兰东南部的一个小镇——表演他的独角戏《作为奥斯卡的重要性》。我的叔叔是当时的执政党共和党的忠诚党员，也是主要教会的忠诚会员，他后来被教宗授予奖章。他给我们买了票，我们和镇上很多人一样，全家都去看戏。我们被告知，迈克莱莫伊尔是著名演员、优秀的盖尔语演讲者、伟大的爱尔兰人。我记得他的声音，也记得他在舞台上的样子。我记得他像一只毛色油亮的大猫一样倚在长沙发上，一脸倦怠世事、饱经风霜的忧郁，然后他起身，看着我们观众，眯起眼慈祥地打量我们，对我们讲了起来，那口气像是在讲新鲜的小道新闻，暗示我们要把秘密保留到离开剧院。这对一个小男孩来说是印象深刻的。

那时候，迈克莱莫伊尔在全世界巡演他的独角戏，如今他演到了爱尔兰乡村。恩尼斯科西对他很重要。1927年6月，他就是在这里遇见了他的终身伴侣希尔顿·爱德华兹。他们成为爱尔兰最出名的同性恋爱侣。我记得，1969年，米歇尔七十岁生日那天，我看到他们在爱尔兰电视上成为热点。迈克莱莫伊尔于1978年过世时，他的葬礼上来了总统、总理、五位部长，还有反对党的领袖。他已成为国宝。

我想，为何在60年代早期的恩尼斯科西，无人走出那个剧院，为何镇上的神父没有谴责甚至阻止这场戏。在一个天主教主宰的国家的乡村地区演关于奥斯卡·王尔德的独角戏当然是危险的。镇上也没有特别自由的氛围。我记得就在那几年，镇上有两个在同一家小店里工作的二十多岁的年轻人住在了一起。我记得有人偷偷对我说，他们是同性恋，后来我听说他们又被送进了监狱，罪名是不当行为。他们的人生被毁了。我十多岁时就明白，在这个国家里当同性恋是要特别留神的。

埃布赫尔·沃尔什的《爱尔兰写作中的性、国家和异议》中有一篇《创造米歇尔·迈克莱莫伊尔》。在此文中沃尔什说，迈克莱莫伊尔与这场戏的导演希尔顿·爱德华兹其实非常谨慎小心。迈克莱莫伊尔与王尔德拉开了距离，他只是讲述王尔德的故事，并没有扮演他，除了可能的暗示。"迈克莱莫伊尔，"沃尔什写道，"把所有与性有关的东西都指明了性别。上半场表演详述了王尔德对莉莉·兰特里的感情和对妻子康斯坦斯的爱。"在下半场，审判已经结束，所以重点是王尔德在狱中和流放中的苦难——"充满悲悯和情节性。"沃尔什写道。

因此这是适合全家人看的戏，它通过眨眼和点头，联想和暗示来表演。当时无人知道操着一口漂亮爱尔兰腔的迈克莱莫伊尔，身体里没有一根爱尔兰骨头。他在1917年从英国来到爱尔兰，然后把自己塑造成一位演员和一位插画家。他学会了爱尔兰口音，正如许多爱尔兰人学会了英国口音。但从他的独角戏中，能看出他懂得在天主教爱尔兰的慎重与轻率行为背后的一些深层的东西。他成了我们的一员。

关于爱尔兰的天主教,最好的著作是社会学家米歇尔·麦克·格雷伊的《爱尔兰的偏见与宽容》(1977)和《再论爱尔兰的偏见》(1996),还有出版于1987年的汤姆·英格利斯的《道德的垄断:现代爱尔兰社会中的天主教教会》。据麦克·格雷伊,爱尔兰共和国中超过94%的人口宣称自己信仰天主教,其中超过81%的人每周参加弥撒。超过83%的人相信宗教"帮助过"他们,同样数量的人口相信孩子应该受到和他们父母一样的宗教教育。71%的人每天祈祷一次或多次。78%的人认为"上帝存在于每个人心中"(同样的问题在荷兰只有43%的人同意)。75%的天主教徒赞同他们的女儿去当修女,79%的人赞同他们的儿子去当神父。

1978年,当我回到爱尔兰居住时,我发现麦克·格雷伊的第一部书《爱尔兰的偏见与宽容》十分有趣。喝上几杯烈酒后效果最佳。(比如说,当时超过40%的都柏林人认为应该把剃光头的人驱逐出去。)在他1996年的第二部书中,他做了一项关于社会差距的调查,显示只有12.5%的爱尔兰人认可自己家人可以是同性恋,仅有14%的人认可隔壁邻居可以是同性恋,仅有15%的人认可同事可以,15%的人会把同性恋赶出爱尔兰。

汤姆·英格利斯的著作探讨天主教在爱尔兰扎根的各种方式。"它对爱尔兰有特殊意义,"他写道:

> 它有长期效果,整个文明进程都在天主教教会中发生、发展。因为缺乏本土乡村的中产阶层,神父和后来出现的

修女、修士，成为现代文明行为最可参考和接受的模范。

英格利斯在关于"爱尔兰母亲"一章中写道，到19世纪中期，在家中代表教会权威的是母亲。被剥夺了经济权的母亲，被予以巨大的道德权威：

> 母亲获得神父的祝福和赞同的方式，就是在神父划定的界限内把她的孩子抚养长大……她限制丈夫和孩子的言行，并从中获得将神父称为盟友的可能。

我小时候遇到的一切，几乎都可以在英格利斯的书中找到答案。我的母亲负责夜间念《玫瑰经》，她把每个人都叫进来，让我们跪着，让父亲不要笑，念完五大奥义之后又加上一段一段的祷文。这是她的工作。当时看来很正常，每个母亲都这么做，父亲从不会带领家人念《玫瑰经》，他们只是和我们其他人一样，顺从地参加这一活动。镇上有一家建造于19世纪中期的皮金天主教堂，那里的礼拜天弥撒相当壮观。英格利斯说那是人们第一个学会准时出席、保持肃静、举止文明、尊重他人的地方。英国人从工厂里学到的东西，我们是从天主教教堂里学到的。英格利斯说，天主教不仅是代代流传的信仰，也是塑造爱尔兰社会的基本力量。举两个例子，它是我们与家人相处的方式，也是我们参加团体的方式。

玛丽·肯尼在她的《从帕内尔的倒台到玛丽·罗宾逊王国的社会、个人和文化史》中，使用了她的主要材料——一本虔信月刊《爱尔兰的圣心信使》，这一刊物在1920年发行量是30万册，现在仍在出，只是发行量少得多。她巧妙地利用这些材料，展现了过去百年间在民族主义和教义上的态度变迁。她将汤姆·英格利斯斥为"左翼"，但并没有认真地反驳他的分析。她说，在他眼中，在爱尔兰神父和母亲的合作关系是"邪恶的"，但这就曲解了他书中那种冷静、超然，几乎是不以为然的语调。她自身的风格则是饶舌、固执、个人化、古怪，有点紧张。

在这个世纪中，天主教在爱尔兰南部是所有公众事件的核心要素。虽然教会反对准军事行动，参加1916年起义的人仍然在教堂中度过了最后几个小时。玛丽·肯尼写过很重要的一章《1916年和牺牲精神》。"人们怀着激动的心情口口相传1916年起义的神圣性，这似乎对人们有着重大意义，"她写道，"1916年的死者极为坚毅和虔诚……1916年那些人的死亡被一再讲述，犹如完美的《圣经》故事。"她引用了康纳·克鲁斯·欧布赖恩的话，后者指出，强调起义中的天主教因素使得爱尔兰的分裂不可避免。但她有一点说对了，她认为公众意见对于1916年和1918年起义截然不同的态度，与起义者领袖慷慨赴死被广为宣传有着莫大关系。

对神圣天主教爱尔兰的神化，始于1932年在都柏林举行的圣体大会。"都柏林街头的一条横幅说明那一天是1932年6月23日，这一日圣体大会大张旗鼓地召开了——这是'爱尔兰历史上最伟大的日子'。"肯尼写道。她引用了G.K.切斯特顿，此人在大会期间在都柏林有轨电车上遇到了一个女子。"嗯，如果现在下雨，"她说，"他会把横幅收在自己身上的。"当时切斯特顿看到两栋廉租房之间挂着的一条横幅,"上帝保佑基督国王"。

从此,一个专权的教会和一个孱弱、不安的政府联手打造了一个黑暗时代。似乎南北爱尔兰在彼此竞争谁能制造出更具有教会性质的国家。审核制、大移民、经济停滞。这部书有好几章不是讨论教会而是政府,因为教会即政府。一向毫无疑问的是,爱尔兰在战争中的中立让其自身困守一岛,只关注自身,并对自身感到不安。肯尼这些话是对的,她写道:"在二战中的中立得到了爱勒国(Eire)——天主教爱尔兰在1949年成为共和国之前的名称——人民广泛而绝对的支持。"她继续写道:

> 最终,这段时期的政治僵硬为爱尔兰带来很大的弊端。在战争年代,审查制让人们无法从道德方面来了解一场战争,而这也许是我们这个世纪最重要的事件。至今我仍想,许多爱尔兰人并不很清楚这场战争对欧洲邻国的影响。

中立的想法与教会对自身权威的构想相当一致。一切都应当被控制和掌握。和英国联手抗击希特勒就是承认英国对自己国家或有某些权利,在某些情况下或能成为道德仲裁者。这在1939年的爱尔兰是绝无可能的,这就是承认爱尔兰在1916年至1922年拿起武器是个错误,或者是现在应该忘记某些事。同样,教会认为放松对教徒的管控,将会导致人们放弃教会,背弃宗教。

建国后爱尔兰天主教的那一面历史,并非祷告与虔信的历史,亦非做弥撒和履行天职的历史,而是高压和管控的历史。在这段历史中出现的最有势力的人物是约翰·查尔斯·麦奎德,

1940年至1970年都柏林的大主教。1951年，他不让卫生部长诺埃尔·布朗执行为母亲们设计的卫生方案，由此打倒了政府。1965年，约翰·麦加恩的小说《黑暗》被禁，麦奎德要求把他从教师岗位上撤职。(《黑暗》写到了手淫，这在当时是国民消遣，现在或许还是，并在第一页就用了"操"这个字)

玛丽·肯尼花了几章的篇幅写教会与女性主义崛起、北部的暴力、共和国公民对道德问题投票之间的关系。她做出笼统的陈述，她从各种书里引用，她提到60年代末她当《爱尔兰时报》女性版编辑的那个时代，据说她也是都柏林最奔放的女孩。她有时引用有趣的数据。1970年，共和国有不到2000个弃妇，到1994年这个数据上升到1.6万。1970年1000人中有7人结婚，到1994年下降到4.4人。1970年每1000人中有21人出生，到1993年下降到13.9人。

1970年，玛丽·肯尼住在爱尔兰，到1994年她已在伦敦住了将近二十年。众所周知从外界关注爱尔兰的情况是很难的。她对这二十年的描述就缺乏细节和微妙之处。比如说，教会的公众形象渐趋随和，但在某些问题上却暗暗地变得更为严格。教授基督教教义的老师如今在天主教学校中被监管得更为严厉。孩子们举行第一次领圣体和坚振礼，家长必须陪同。如果你想在一家天主教教堂里结婚，你必须去上天主教结婚指导课，而我听说这课程很折磨人。多年来都柏林有两家儿童医院，一家是天主教的，另一家是新教的。多次尝试把两家合并，都失败了，因为天主教教会不愿把任何权利让渡给他们所谓的"另一种信仰"。我问天主教这边的一个资深医生，教会为何这么在意这个问题，他说这与医生建议有关，在天主教医院，父母如想知道自己将来的孩子会不会天生残疾，就会被告知堕胎是不允许的。他说，但其实只是想控制。在都柏林另一家由修女运营的医院，如果医生，哪怕是行业顶级的医生，只要支持自由避孕，就别想升职。

教会已经输了反对避孕和离婚的战争，但至少目前赢了反对堕胎的战争。它仍然一有机会就摆出它的权威。它做到了把特定人群——主要是教师和护士——排除在最新的反歧视法案外，依据是教会作为雇佣者，有权歧视不支持其教义的人。

最终，爱尔兰教会从内部炸开了。当爆出消息说高威郡的主教有个儿子，并且用肯尼的话说，"不承认且抛弃了母子俩"，玛丽·肯尼觉得她起初对该问题不够重视。"想想博尔贾红衣主教。"她开玩笑地与都柏林的一位编辑说。"在这些事件中，"她在书中写道：

> 我以前常听爱尔兰的人说："事情不会变得更糟。"但每次都变得更糟。1994年11月的某个星期一，RTE电视台的三大新闻分别是布伦丹·史密斯案件的政治影响［这位神父虐待了很多少年人］、都柏林神父的堕落并死在一家同性恋桑拿浴俱乐部［碰巧的是，该场所里还有两位神父给他举行了最终仪式］、高威郡的神父因性骚扰了一名年轻男子而被判罪。这些出现在同一段新闻报导中。我再也不开玩笑说文艺复兴时期的红衣主教和教会姑息养奸了。一波接一波的指控和判罪是多么冷酷、丑恶、令人沮丧。

这些事件在爱尔兰曝光之时，我认真地观看了新闻，希望自己能做出一个总结，但我做不到。很容易说这些人是生活在一个教会为所欲为的时代——终止法案，打倒政府，把小说家开除教职——于是他们会轻易觉得自己可以为所欲为。但事实并不如此。从十五岁到十七岁，我上的是一家神父开的主教管区内的学校，它附属于一家神学院。从那时候起我知道学校里有五位神父——我该怎么说呢？——上过新闻。一位被关在北部的监狱里，一位接受了缓刑，一位逃到了另一个司法管辖区，两位面临严重指控。

如果你照一照教堂周围的每一张脸——在中学和神学院傍晚的祝圣礼上，我们有超过三百名学生——没有理由去特别关注那五人。每个人行事各异，做事时间也各不相同，但据我所知，那些人全都对少年人感兴趣。对五人之中的四人，我在听说他们是同性恋之前从未想到这种可能。即便那第五个人，似乎也不太可能。我相信他们是真诚地加入教会，也许正因为他们对女性没有兴趣，才会感觉自己肩负使命，反正也无人告诉他们，这些事情是不被讨论的。其中两位在上头条之前已经当了很久的神父，另三位的事业才刚开始。他们毁了别人的生活，他们玷污了他们的职责。

也许，如果他们不是同性恋，便不会进入神学院。他们进入神学院后，没人说同性恋的事，这是绝不被允许的。没人给这些人关于性倾向的指导，在他们所处的社会中，这就是一道禁忌，根据麦克·格雷伊的调查，至今仍是。我知道那些傍晚对他们而言是多么漫长。我知道他们必定长期自我否认,但当他们承认之时,必定十分恐惧。我知道他们制造了多少破坏。我能想象在那家神学院里同性恋是早已有之的事,也许之后在外界更糟糕。最近我遇见一个人,他的哥哥被其中一个神父提出过性要求。"就凭这件事,他就该被送进监狱。"这人对我说。

在天主教爱尔兰的社会差距体系内,只有五种人的地位比同性恋更低,他们是新芬党人、哈瑞奎师那的信徒、艾滋病患者(受调查者中 22.5% 会被禁止进入或被驱逐出爱尔兰)、吸毒者和北爱共和军的成员(其中 43.1% 会被禁止进入或被驱逐出爱尔兰)。看来"上了新闻的"那些神父的地位会更低。

相反,埃布赫尔·沃尔什的《爱尔兰写作中的性、国家和异议》提到的那些作家,有种莫名的英雄感,因为他们曾经抗争,现在仍在公共场合抗争那些在爱尔兰比在其他国家更为危险的话题:性别差异、性别模糊。因为极少有明确的女同性恋作品,有必要在此看看某些女作家的作品——伊娃·戈尔·布思[1]、伊迪丝·萨默维尔[2]、伊丽莎白·鲍恩[3]、莫莉·基恩[4] 都各有一章,看看她们是怎么写同性之爱的。有些女作家据我

---

[1] 伊娃·戈尔·布思(Eva Gore Booth,1870—1926):爱尔兰诗人、剧作家和社会活动家,主张妇女参政权利。
[2] 伊迪丝·萨默维尔(Edith Somerville,1858—1949):爱尔兰小说家,与其表妹合作用笔名发表作品。
[3] 伊丽莎白·鲍恩(Elizabeth Bowen,1899—1973):爱尔兰小说家,以战时伦敦题材的小说而闻名。
[4] 莫莉·基恩(Molly Keane,1904—1996):爱尔兰小说家、剧作家。

们所知是同性恋，有些不是。这些问题在另一些文章中更清晰，比如埃布赫尔·沃尔什关于迈克莱莫伊尔的文章、莉莉丝·欧·劳勒关于卡塔尔·欧·塞尔查的诗的文章，其中有一些显然是同性恋作品，以及安妮·福格蒂关于两部有女同性恋人物的小说的文章，即凯特·欧布赖恩的《作为音乐与光辉》和玛丽·道赛的《柴棚里的噪音》。

也许卡塔尔·欧·塞尔查并不是用爱尔兰语写作的第一个同性恋诗人。18和19世纪的盖尔语诗中充满了单相思和不可能的爱情，当然有可能其中一些是男人写给男人的。但欧·塞尔查是在漫长的传统中第一位表明自己性取向的诗人。他有一首诗上了中学课本，许多教师都认为那是男子写给女子而非男子的情诗，但最近几年欧·塞尔查清楚地表明自己的立场——"我们太穷，没有柜子"是他的诗句——同样他在1993年的双语版诗选的引言中也说明了。

欧·塞尔查作品中的话题都不像是回应《爱尔兰的圣心信使》，或在1932年兴奋地期待过圣体大会。另一方面，玛丽·肯尼和她笔下的天主教徒也不太关心女同性恋的传统，于是学生和教师知道，在这块大磐石中，或离它不远的地方，有些人怀着其他的心思。根据米歇尔·麦克·格雷伊提供给我们的证据，显然天主教会是不会离开的。共和国的大多数人民将会继续信仰天主教。于是有必要不时地让他们想起，被他们长久以来排斥和边缘化的那些人。

延伸阅读：

《爱尔兰写作中的性、国家和异议》(*Sex, Nation and Dissent in Irish Writing* edited by Éibhear Walshe，Cork)

《再见，天主教爱尔兰》(*Goodbye to Catholic Ireland* by Mary Kenny，Sinclair-Stevenson)

致谢

感谢《伦敦书评》对我的支持，玛丽·凯·威尔默斯（Mary Kay Wilmers）、安德鲁·欧海根（Andrew O'Hagan）、约翰·兰塞斯特（John Lancester）、让·迈克尼霍尔（Jean McNicholl）、杰雷米·哈迪（Jeremy Hardy）和丹尼尔·索尔（Daniel Soar）；以及《都柏林评论》的布伦丹·巴灵顿（Brendan Barrington），首次刊登了弗朗西斯·培根的那一章；感谢《名利场》的格雷顿·卡特（Grayton Carter）、维纳·罗森（Wayne Lawson）和比阿特莉丝·蒙迪（Beatrice Monti），邀我写了佩德罗·阿莫多瓦的文章。关于奥斯卡·王尔德和詹姆斯·鲍德温的部分是我在纽约公共图书馆学者与作家中心访问时所写，感谢我的同事，尤其是很多富有启发性的讨论；感谢彼得·盖伊（Peter Gay），时任学者与作家中心主任，和帕梅拉·里奥（Pamela Leo）、拉切尔·卡夫里森（Rachael Kafrissen），感谢他们给予我的帮助。感谢卡特里欧娜·克洛维（Catriona Crowe）、艾琳·阿厄恩（Eileen Ahern）、埃丹·多纳（Aidan Dunne）和乔治·奥布莱恩（George O'Brien）的建议和帮助。感谢悉尼皮卡多出版社的尼基·克里斯特（Nikki Christer）和克里斯蒂娜·马蒂（Christine Mattey），伦敦皮卡多出版社的彼得·斯特劳斯（Peter Straus）、伦敦 A.P. 瓦特出版社的卡拉多克·金（Caradoc King），感谢他们的支持和鼓励。